KB266303

삼촌 어디가?

삼촌 어디가?

아이들에게 전하는 22통의 편지

Laumile 지음

좋은땅

삼촌 어디가?

휴일에도 일하러 갔던 나는
무엇을 위해 치열하게 살았는가?

휴일에도 일하러 나가던 나는, 과연 무엇을 위해 그렇게 치열하게 살았을까?

사회에서 빨리 자리 잡고, 남들보다 먼저 성공하고 싶다는 마음으로 누구보다 앞서 달려왔다. 사람들이 흔히 말하는 바닥부터 시작해 밤낮을 가리지 않았고, 휴일을 반납하면서까지 열정을 쏟았다.

우선순위에서 늘 일이 가장 앞자리에 있었던 탓에 가족사진에는 내가 빠진 경우가 많았고, 친구들의 결혼식 사진에서도 내 자리는 비어 있었다. 성공하고 싶었다. 그리고 남들과는 다른 길을 선택한 내가 틀리지 않았다는 것을 인정받고 싶었다. 그렇게 미친 듯이 내달리다 보니, 정작 내 사람들과의 추억은 많지 않다. 모임에는 늘 파하기 직전에 도착하거나, 한창 즐거울 때 일을 핑계로 먼저 자리를 뜨는 일이 반복됐다.

성공과 순탄이라는 단어는 내 삶에서 낯설다. 오히려 실패와 포기가 더 익숙하다. 더 많은 노력과 더 뜨거운 열정으로 버텼지만, 자리를 잡지도 성공하지도 못한 채 시간은 흘러 어느덧 마흔을 바라보고 있다. 그 사이 차근차근 자기 속도로 걸어가던 친구들은 각자의 분야에 자리를 잡았고, 결혼을 하고 아이를 낳았다. 울음을 멈추지 못하던 아이들은 어느새 나와 대화를 나눌 만큼 자라 있었다. 그 모습을 보며 나는 종종 조급해진다.

주말이면 친구의 아이들과 한참을 놀다가도, 결국 나는 다시 회사와 다른 모임을 향해 짐을 챙긴다.

그때마다 아이들이 묻는다.

"삼촌 어디 가?"

아쉬운 눈빛을 뒤로한 채 길을 나서며, 나는 늘 같은 질문을 마음속에서 되뇐다.

촉망 받고 기회가 많았던 분야를 떠나, 한 번도 들어보지 못한 새로운 영역에 발을 디딘 지도 어느덧 5년이 지났다. 잠시 쉬었다가 다시 돌아가겠다는 계획과 달리, 나는 그곳에 뿌리를 내리고 작은 새싹을 틔우며 살아가고 있다. 이제서야 숨을 고를 여유가 생기자, 비로소 스스로에게 묻게 되었다.

나는 무엇을 위해 그렇게 바쁘게 살아왔을까?

그렇게 난 오늘도 회사로 향한다. 일의 양은 줄었지만, 아이들과 하루를 보내고 나면 여전히 또 다른 약속과 일정을 향해 떠난다. 도전과 경험을 좇는 동안 주변에 사람은 많아졌지만, 불규칙한 생활 탓에 주말은 늘 바쁘게 흘러간다. 그래서 아이들과 즐겁게 놀다가도 헤어질 때면 마음이 무거워진다.

"삼촌 가지 마."

그 말 앞에서 나는 자주 무너진다.

아이들을 달래고 다시 길을 나서며 문득 상상해 본다. 이 아이들도 언젠가 사회라는 곳에 나와 각자의 삶을 살아가게 될 날을. 그때 마주하게 될 수많은 우여곡절과 변수들이 걱정되면서도, 동시에 진심으로 응원해 주고 싶어진다. 지금은 학교와 어린이집에 가고 방과 후 동네에서 노는 것이 세상의 전부인 아이들에게는 아직 먼 이야기일지 모르지만, 그 까마득한 미래는 분명 현실이 되어 다가올 것이다. 그때 이 편지가 아이들에게 조금이나마 힘이 되고, 위로가 되었으면 좋겠다.

나는 한때 촉망 받기도 했고, 수많은 행운과 기회를 마주하기도 했으며, 한순간에 가진 것을 모두 잃어보기도 했다. 넘어져 한동안 일어서지 못했던 시간도 있었고, 스스로 다시 일어나는 법을 뼈아프게 배운 순간들도 있었다. 아직 나는 성공하지 못했고, 성공과는 여전히 거리가 멀다. 그래서 아이들에게 성공하는 법을 가르쳐 줄 수는 없을 것이다.

하지만 어떤 상황에서도 완전히 무너지지 않는 법, 사회에서 조금 더 유하게 적응하며 살아가는 방법만큼은 숱한 도전을 통해 이야기해 줄 수 있을 것 같다.

휘몰아치는 파도와 풍랑 속에서 나는 아직도 인생을 항해 중이다. 훗날 아이들이 나와 비슷한 고민과 풍랑을 마주하게 된다면, 십수 년 전 삼촌이 진심을 담아 남긴 이 글을 떠올려 주었으면 한다. 잠시 피해 쉬어 가고, 다시 앞으로 나아갈 용기를 얻을 수 있다면 더 바랄 것이 없겠다. 사회라는 바다에 나서기 전까지는, 다른 무엇보다도 그저 행복하고 건강하게 자라주길 바란다.

　사회라는 바다에서 쉼 없이 지나온 지난 15년, 오늘도 결국 삼촌은 회사로 향한다.

▼ 함께 살아가는 마음

▼ 흔들리지 않고 나아가는 힘

▼ 마지막 편지

시작하는 멋진 용기

첫 번째 편지.
첫걸음의 무서움

새로운 일의 시작 그리고 두려움 이겨 내기

백일을 앞둔 유강이에게

유강아, 안녕.

칠십 일을 기념하며 케이크를 앞에 두고 네 부모님과 함께 축하했던 날이 있었단다. 아마 기억하지 못하겠지. 기억하지 않아도 괜찮아. 그저 지금처럼 몸 건강히, 그리고 부모님의 사랑 속에서 행복하게 자라렴.

유강이가 세상에 나와 얼마나 많은 사람들이 기뻐하고, 축하하고, 행복해하고 있는지 이 편지에 남겨 두고 싶어. 지금은 뜻대로 되지 않으면 울음부터 터져 나오겠지만, 앞으로 자라면서 너는 숱한 '처음'을 마주하게 될 거야. 새로운 일, 새로운 환경, 새로운 선택들 말이야. 그 모든 도전에 삼촌은 진심으로 응원을 보낸다.

무언가의 첫걸음을 내딛는다는 건 생각보다 많이 어려워. 이제 마흔을 바라보는 삼촌도 여전히 그렇다. 해 보지 않은 일 앞에서 두려움을 느끼는 건 아주 자연스러운 일이야. 다만 삼촌이 살아오며 느낀 건, 그 두려움을 마주하고 한 발을 내디딘 사람과 그렇지 않은 사람의 차이는 시간이 지날수록 조금씩 벌어진다는 사실이었어.

백일이 지나고, 한 살 두 살 나이를 먹으며 걸음마를 배우고, 이유식을 시작해 언젠가는 혼자 밥을 먹게 되겠지? 더 자라서는 유치원에 가고, 학교에 가고, 훗날에는 직장이라는 곳도 마주하게 될 거야. 매 순간이 새롭고, 처음일 거야. 그래도 너무 걱정하지 않아도 되는 건, 엄마와 아빠, 그리고 삼촌이 유강이 네가 앞으로 걸어갈 길을 이미 한 번씩은 걸어 본 사람들이라는 사실이야. 삼촌은 그중에서도 유난히 새로운 길을 많이 걸어온 편이란다.

삼촌은 원래 겁이 많았고, 새로운 일에 대한 두려움도 남들보다 컸단다. 대학에 들어가기 전까지는 어려움이 보이면 피할 방법부터 찾았고, 되도록 쉬운 길을 선택하기만 했지. 그런데 해외 대학 입학을 앞둔 시점, 집안 사정으로 한순간에 많은 것을 잃게 되었고, 더 이상 물러설 곳이 없게 되었어. 학업을 이어 가기조차 쉽지 않았고, 무엇을 어떻게 해야 할지도 알 수 없었지.

참 이상한 일인데, 그렇게 가지고 있던 것들을 내려놓고 나니 오히려 새로 시작하는 발걸음만큼은 가벼워졌어. 그때부터 삼촌은 완벽하게 준비한 뒤 움직이기보다, 일단 한 발을 내딛는 습관을 들이기 시작했어.

어려움은 많았지만, 남들보다 조금 일찍 사회생활을 시작했고, 퇴근 후에는 온라인으로 학업을 이어 갔어. 처음엔 두려웠던 것들도 한 걸음씩 걷다 보니 경험이 되었고, 그 경험 덕분에 다음 도전이 조금 덜 무서워지더라.

사람은 생각보다 적응을 잘하는 존재라는 걸, 유강이도 언젠가 알게 될 거야. 어떤 일이든 시간을 들여 몸을 담다 보면, 어느새 자연스럽게 내 것이 되어 있다는 걸 말이야. 그래서 삼촌은 이렇게 말해 주고 싶다. 어떤 일이든, 결과를 미리 걱정하기보다 그저 한 걸음만 내디뎌 보라고. 성공일 수도 있고 실패일 수도 있지만, 다시 한 걸음을 내딛다 보면 어느 순간 혼자 힘으로 걷고 있는 자신을 발견하게 될 거야. 훗날 하고 싶은 일, 해야 할 일을 마주할 때도 어릴 적 걸음마를 배우듯 그렇게 한 걸음씩 가면 된단다.

새로운 것 앞에서 여전히 배우는 한 어른으로서, 그리고 먼저 그 길을 걸어 본 삼촌으로서 유강이의 모든 첫걸음을 진심으로 응원하고 기도한다. 크게 대단할 필요는 없어. 두려움이 앞설 때가 오면, 그저 첫걸음 하나만 내디뎌 보자. 그것만으로도 충분히 잘하고 있는 거니까.

새로운 한 걸음들이 모여 언젠가 멋진 모험이 되는 날까지, 오늘도 몸 건강히, 그리고 행복하게 자라렴.

2025년 6월 1일

백 일을 앞두고, 유강이의 첫걸음을 응원하는 새우 삼촌이

P.S.

유강아, 그저 용기 있게 내딛는 첫 발걸음이 중요하다는 것을 기억했
으면 해.

두 번째 편지.
설레는 새로운 시작

도전하는 나의 마음가짐

멋지게 새로운 도전을 시작한 우주에게

우주야 안녕.

그래도 2주에 한 번쯤은 네 어머니 카페에서 마주치며 안부를 묻곤 했는데, 요즘은 서로 바쁜지 어느덧 한 달 가까이 얼굴을 보지 못했구나. 잘 지내고 있니? 우주 소식은 네 어머니를 통해 종종 들어. 발레에 이어 스케이팅을 새롭게 시작했다는 이야기를 들었을 때, 설렘과 함께 두려움도 있었을 텐데 용기 있게 첫걸음을 내디딘 우주에게 삼촌은 박수를 보내고 싶어. 관심을 갖고 시작한 만큼 즐겁게 배우다 보면, 언젠가는 삼촌에게도 스케이트 타는 법을 알려 줄 날이 오겠지. 아이스링크에서는 언제나 안전을 먼저 챙기는 것도 잊지 않았음 좋겠어.

영어 회화, 발레, 미술처럼 여러 분야에 관심을 갖고 꾸준히 시간을 들이며 도전하는 우주를 보면 삼촌은 참 멋지다는 생각이 들어. 잘하고 못하고를 떠나, 한 분야에서 묵묵히 경험을 쌓아 자기 것으로 만들어 가는 태도가 특히 그렇단다. 그러다 보니 두 아이를 키우며 카페를 꾸준히 운영하는 네 어머니의 모습이 자연스레 떠오르더라. 어쩌면 우주가 태어나며 받은 가장 큰 선물은, 바로 그런 어머니의 뒷모습이 아닐까 싶어. 13년 전, 네 어머니와 함께 마케팅을 공부하던 시절에 느꼈던 그 용기와, 지금 새로운 분야를 맞이하는 우주의 도전은 참 많이 닮아 있단다.

삼촌도 어른이 되고 군 제대를 앞둔 시점, 도전에 대한 열망과 용기가 가장 컸던 시기가 있었어. 네 어머니와 함께한 마케팅 수업에서도 그렇고, 생전 해 보지 않은 분야에 두려움 없이 부딪치며 무작정 앞으로 나아가던 시절에도 말이야. 그때의 삼촌은 앞만 보고만 달렸던 것 같아. 그런데 지금의 삼촌을 돌아보면, 예전보다 겁이 많아졌다는 생각이 들어. 많은 사람과 일하며 다양한 경험 속에서 미래를 어느 정도 예측을 할 수 있어서인지, 아니면 이미 가진 것을 지키고 싶은 마음 때문인지는 모르겠지만, 분명 도전 앞에서 한결 조심스러워진 건 사실이야. 나이가 들수록 안정적인 선택이 현명하다고들 말하지. 다만, 위험을 감수하더라도 꼭 이루고 싶은 도전이 있다면, 한 번쯤은 과감해질 필요도 있지 않을까 싶어.

삼촌은 우연히 시작한 새로운 분야에서 어느덧 4년 넘게 일하고 있어. 그 사이 더 큰 도전의 기회도 있었고, 더 좋은 조건의 제안도 있었지만, 지금의 자리에서 잠시 머무는 선택을 했단다. 나태해진 것이 아닌, 늘 도전만 해오던 삼촌에게는 이곳이 잠시 쉬어 갈 수 있는 안전한 쉼터처럼 느껴졌거든. 그렇지만 가끔은, 지금의 내가 사회에서 내 몸에 꼭 맞지 않은 옷을 입고 있는 건 아닌지 스스로에게 묻게 되더라.

그런 와중에 네 어머니가 카페를 창업하고 1년이 넘는 시간 동안 꾸준히 카페를 키워 가는 모습을 가까이서 보았어. 마케팅을 함께 공부했던 동기들 사이에서는 그 도전을 회의적으로 바라보는 시선도 있었지. 하지만 불안정해 보였던 출발과 달리, 어떤 상황에서도 묵묵히 앞으로 나아가는 모습을 보며 삼촌은 많은 생각을 하게 되었단다. 그 모습은 발레에 머무르지 않고 새로운 수업을 제안하며 도전하는 우주의 모습과도 참 닮아 있었어. 그렇게 주저하던 삼촌은 비로소 스스로를 돌아보게 되었지.

충분히 쉬고도 도전을 미뤄 오던 삼촌에게, 오히려 우주와 네 어머니가 용기를 주었어. 그 마음이 참 고마웠어. 말로만 "언젠가"를 이야기하던 삼촌도 이제는 행동으로 옮길 때가 되었다고 느꼈어. 미뤄 두었던 운동을 다시 시작했고, 더 나은 기회를 향해 천천히라도 앞으로 나아가기로 다짐했단다. 나이와 안정이라는 핑계로 도전을 미뤄 왔던 스스로가 밉기도 하지만, 늦었다고 느끼는 지금이 어쩌면 가장 빠른 순간일지도 모른다고 믿어 보려 해. 첫 출항은 늘 어렵지만, 항해하며 움직이기 시작하면 조금씩 익숙해지는 법이니까 말이야.

우주도 언젠가 한 분야에 익숙해지고 나면, 다른 분야의 새로운 도전이 생각보다 훨씬 어렵게 느껴질 때가 올 거야. 그때 "내가 나약해서 그런가?"라고 생각하지 않았으면 좋겠어. 나이가 들고 지킬 것이 많아질

수록, 누구나 새로운 것 앞에서 조심스러워지기 마련이거든. 그럼에도 불구하고 정말 도전하고 싶은 마음이 생긴다면, 삼촌은 이유를 묻지 않고 그저 응원하고 싶어. 용기가 부족해 망설여질 때에는, 지금처럼 씩씩하게 도전하던 우주의 모습을 떠올려 보렴. 그리고 우주와 우정이를 키우며 어려운 선택을 이어 온 네 어머니의 용기도 함께 기억해 주었으면 해.

혹시라도 두려움이 더 커져 발걸음이 떨어지지 않을 때가 오면, 언제든 삼촌에게 연락하렴. 삼촌도 다시 도전의 길 위에 서서, 더디지만 한 걸음씩 나아가고 있을게. 어쩌면 그 경험이 우주에게 작은 힘이 될 수도 있겠지.

새로운 시작의 바로 앞과, 시작한 지 얼마 되지 않은 순간이 가장 어둡고 힘들다고들 말해. 하지만 그 시간을 잘 버티며 매 순간 최선을 다하다 보면, 길은 조금씩 보이고 기회는 예상치 못한 곳에서 찾아오더라. 지금 우주가 도전하고 있는 모든 일에서, 끝까지 성실히 걸어가 본인이 원하는 바를 꼭 이루길 바라. 덤덤하게 앞으로 나아가는 우주이니, 이번 도전도 분명 좋은 추억으로 남을 거라 삼촌은 믿어.

진심으로 응원할게.

2025년 9월 1일

도전의 용기를 배워 가는 새우 삼촌이

P.S.

수많은 핑계로 미루던 도전을 시작하려 하니 너무나 쉽지 않구나. 그럼에도 불구하고 삼촌이 포기하지 않고 우주처럼 한번 도전해 볼게. 고마워.

우주야, 주저하게 되는 순간에도 용기를 내어 너만의 도전을 계속해 가렴.

낯설던 순간도, 조금만 지나면 익숙한 하루가 된단다.

세 번째 편지.
낯섦과 친해지기

새로운 환경에서 적응하는 법

하준아 안녕. 잘 지내고 있니?

얼마 전 출장 때문에 서산을 지나갔는데, 시간이 넉넉하지 않아 잠시 아쉬움을 남긴 채 다시 올라왔단다. 그래도 올해 연말이 되기 전에는 다른 삼촌들과 늘 그렇듯 고기랑 선물 꾸러미를 챙겨 하준이네 놀러 갈 생각이야. 그때까지 건강하게 잘 지내고 있으렴.

중학교 동창인 네 아버지와 다른 삼촌들이 같은 도시에 살 때는, 가깝다는 이유로 "다음에 보자" 하며 오히려 자주 만나지 못했어. 그런데 신기하게도 서산으로 내려가면서 거리는 더 멀어졌는데, 마음은 오히려 더 가까워진 것 같구나.

오랜만에 모여 친구들과 근황을 나누고, 탁 트인 자연 속에서 바람을 맞으며 고기를 구워 먹는 시간은 모두에게 큰 쉼이 되었단다. 예전처럼 매일 볼 수는 없어도, 이렇게 해마다 한두 번씩 만나 새로운 추억을 쌓아 가는 것도 참 소중한 일이란 생각이 들어.

삼촌도 연고가 없는 새로운 지역에서 처음부터 다시 자리 잡아 본 경험이 있어. 문화와 언어가 다른 외국에서, 말 그대로 맨땅에 헤딩하는 마음으로 하루하루를 버텨 보았기에 그 과정이 얼마나 낯설고 쉽지 않은지 잘 알고 있단다. 그래서 하준이가 서산에서 어떻게 지내고 있을지 더 궁금했어.

처음에 네 아버지가 서산으로 내려간다고 했을 때, 친구들은 응원과 함께 걱정도 많이 했단다. 그런데 시간이 흐르고 지금처럼 자리를 잘 잡아 가는 모습을 보니, 그저 고맙고 대단하다는 생각이 들어. 하준이도 말로 다 하지 못한 어려움이 있었을지 모르지만, 지금처럼 밝게 지내며 한 걸음씩 나아가고 있는 모습이 참 기특하구나.

하준아, 삼촌이 말하는 '낯섦'이란 처음이라서 잘 모르기에 괜히 마음이 조심스러워지는 상태를 말해. 새 학교, 새 친구, 새 동네처럼 모든 것이 처음일 때 느끼는 그 마음 말이야.

새로운 환경에 잘 적응하는 일은 앞으로 살아가면서 점점 더 중요해질 거야. 학교에 입학할 때도, 학년이 바뀔 때도, 중학교와 고등학교를 거칠 때마다 늘 새로운 환경을 만나게 되지. 처음에는 서로 낯설고 어색해서 다가가기 힘들 수도 있어. 하지만 너무 걱정하지 않아도 괜찮아.

묵묵히 자기 자리를 지키며 하루하루 지내다 보면, 시간이 마법처럼 작용해서 어느새 익숙해진 자기 모습을 발견하게 될 거야. 새로운 환경을 좋아하는 사람도 있겠지만, 여전히 낯선 변화가 어려운 편이란다. 나이가 들수록 한곳에 오래 머물고 싶은 마음이 커지기도 하고, 환경이 바뀌는 일이 예전만큼 쉽지는 않더라. 그래서 서산에서 가정과 일을 하나씩 만들어 온 네 아버지가 더욱 대단하게 느껴져. 모든 것이 처음이었을 텐데도, 하나하나 직접 부딪히며 새로운 터전을 만들어 왔다는 건 정말 멋진 일이라는 걸 꼭 하준이에게 전해 주고 싶구나.

삼촌들도 사회에서 매일 새로운 낯섦과 마주하며 살아가고 있단다. 하지만 한 가지는 분명해.

낯섦은 사라지는 게 아니라, 익숙해지는 거란다.

그리고 그 과정을 잘 견디고 지나온 사람일수록, 자신이 원하는 꿈과 목표에 조금 더 가까이 다가가게 되더라.

하준아, 앞으로 자라면서 낯설고 익숙하지 않은 일들을 또 만나게 되겠지만, 서산에서 잘 적응해 온 것처럼 앞으로도 분명 잘 해낼 거라 믿어. 지금은 어렵게 느껴져도, 시간이 지나 돌아보면 "그땐 그랬지" 하며 웃을 날이 꼭 올 거야. 그리고 언제나 네 곁에는 든든하게 지켜 주는 아버지와 어머니가 있다는 것도 잊지 않았으면 해.

그럼 우리 연말에 다시 만나, 또 하나의 새로운 추억을 만들자. 그날까지 건강하게, 그리고 낯섦과도 조금씩 친해지며 잘 지내렴.

2025년 9월 22일
낯섦과 조금씩 친해진 새우 삼촌이

P.S.

하준아, 너는 어디에서든 조금씩 익숙해져 갈 수 있는 마법을 이미 가진 아이란다.

네 번째 편지.
무언가를 좋아하는 마음

좋아하기에 하는 나의 행동들

곤충과 동물에 빠져 있는 유승이에게

유승아 안녕.

곤충을 좋아하는 유승이에게 무더운 여름은 그리 싫지 않았을 것 같구
나. 신나는 곤충 탐험은 잘 다녀왔는지 궁금해. 회사 선배이기도 한 유
승이 아버지를 통해 모임 때마다 탐험 소식을 종종 듣고 있단다. 얼마
전에는 밤에 곤충들을 관찰하고, 장수하늘소와 사슴벌레를 집에서 정
성껏 기르고 있다는 이야기도 전해 들었어. 이제 곧 가을이 오면 고추
잠자리와 함께하는 체험학습도 기대해 볼 수 있겠구나.

삼촌이 아는 조카들 가운데 유승이는 무언가를 가장 분명하고 깊이 있
게 좋아하는 친구라고 생각해. 곤충을 시작으로 자동차, 공룡, 만화 영
화까지 아이들은 보통 좋아하는 것이 자주 바뀌곤 하지. 그런데 유승
이는 곤충이라는 한 분야를 유독 진심으로 대하고 있구나. 곤충 박물
관을 찾아가고, 다양한 체험학습에 참여하며, 어느새 일반적인 지식을
넘어 미래의 전문가의 눈으로 곤충을 바라보는 모습을 보며 삼촌은 감
탄하게 되었단다.

무언가를 좋아한다는 마음은 아마 이런 모습이어야 하지 않을까 싶어.

그 마음을 지켜 주기 위해 시간과 비용을 아끼지 않고 응원해 주시는 유승이 부모님의 모습 또한 참 존경스럽다. 훗날 유승이가 어른이 되어 어린 시절을 돌아본다면, 분명 부모님께도 깊이 감사하게 될 거라 삼촌은 믿어.

유승이 인생에서 곤충이 중요한 만큼, 삼촌의 인생에서는 자동차를 빼놓을 수 없단다. 어릴 적부터 자동차 이름을 외우고, 차를 타고 가며 창밖의 수많은 자동차를 구경하는 게 큰 즐거움이었어. 자동차를 너무 좋아해 자동차와 함께 일할 수 있는 렌터카 회사에서 근무하기도 했단다. 매일 수많은 자동차를 관리하며, 렌트하러 오는 고객을 위해 최선을 다해 차량을 준비하는 시간이 그저 행복했어. 자동차가 아닌 다른 분야에서도 일을 했지만, 다시 자동차와 일하기를 선택한 삼촌을 보면 유승이가 곤충을 좋아하는 것처럼 삼촌 역시 자동차를 꽤 진심으로 좋아하고 있는 것 같아.

물론 어릴 적 좋아하던 것이 어른이 되어서까지 이어지는 경우도 있지만, 그렇지 않은 경우도 있어. 유승이도 지금은 곤충이 가장 좋지만, 언젠가는 또 다른 무언가를 좋아하게 될 수도 있겠지. 무엇이든, 그 마음을 삼촌은 늘 응원할게.

어른이 되고 나서야 알게 된 사실이 하나 있어.

자기가 좋아하는 분야와 관련된 일을 하며 살아간다는 건 생각보다 훨씬 큰 행운이라는 거야. 많은 사람들은 좋아하는 일보다는 '할 수 있는 일'을 선택해 사회로 나아가. 그렇다고 좋아하는 마음을 완전히 내려놓는 건 아니고, 여가나 쉬는 시간에 조심스럽게 이어 가는 경우가 많아.

삼촌도 그랬단다. 좋아하는 자동차 분야와는 별개로, 돈을 벌기 위해 전혀 알지 못하던 가구라는 분야에서도 수년간 일한 적이 있어. 처음에는 관심도 없고 솔직히 하기 싫기도 했지만, 묵묵히 지내다 보니 조금씩 흥미와 관심이 생기더라. 주중에는 일을 하고, 주말에는 드라이브를 하거나 자동차 전시장을 다니며 삼촌이 자동차를 좋아하는 마음은 따로 지켜 왔어. 그렇게 전혀 관심 없던 가구와 디자인에도 자연스럽게 눈을 뜨게 되었고, 지금은 가구점을 둘러보는 또 다른 취미도 생겼어.

지금처럼 무언가를 좋아하는 그 마음을 잘 기억해 두렴. 그 마음을 알고 있다면 어떤 분야에 가더라도 스스로를 잃지 않고 잘 적응하며 살아갈 수 있을 거야. 더 나아가, 좋아하는 것을 깊이 경험하다 보면 그 안에서 또 다른 관심이 자연스럽게 자라날 수도 있어. 그런 과정 자체가 사회로 나아가기 전 스스로를 준비하는 아주 훌륭한 연습이라고 삼촌은 생각해.

흔히 말하는 '1만 시간의 법칙'처럼, 만약 유승이가 커서도 곤충이 좋아 1만 시간 이상을 투자하게 된다면 어느새 우리는 유승이를 곤충 전문가라고 부르게 될지도 모르겠구나. 그것을 업으로 삼아도 좋고, 다른 길을 가며 소중한 취미로 남겨 두어도 괜찮아. 중요한 건 지금처럼 좋아하는 마음에 충실하는 거야.

10년 전, 유승이 아버지와 함께 일하던 시절에도 우리는 서로의 관심사를 자주 나누었단다. 삼촌은 늘 자동차 이야기를 했고, 아버지의 관심사였던 건축을 통해 많은 걸 배울 수 있었어. 건축에서 출발해 가구 분야로 이어진 유승이 아버지의 길을 보며, 주어진 환경 속에서 좋아하는 것을 연결해 나아가는 지혜를 삼촌은 지금도 존경하고 있단다.

유승아, 지금처럼 곤충에 대한 마음을 잘 지켜 가면서 또 새로운 관심이 생긴다면 그 또한 반갑게 맞이하며 자라렴. 혹시 언젠가 자동차가 좋아지면 언제든 삼촌에게 이야기해 줘. 재미있는 자동차 이야기를 잔뜩 들려줄게.

곤충에서 시작된 유승이의 탐험이 앞으로 더 넓은 세상으로 퍼져 나가기를 바란다.

2025년 9월 7일

더위가 물러가고 고추잠자리의 계절이 오는 9월에 새우 삼촌이

P.S.

유승아, 늘 그렇듯 순수하게 좋아하는 마음을 오래 지켜 가렴.

해야 할 일을 미리 해낼수록, 자유는 더 크게 다가올 거야.

다섯 번째 편지.
하고 싶은 일과 해야 할 일 사이에서의 고민

하고 싶은 일과 해야 할 일의 균형 잡기

가장 오래 알고 지낸 나율이에게

나율아 안녕.

지금은 방학이겠구나. 하루하루를 알차게 보내고 있는지 궁금해. 이번 방학에는 서울에 계신 할머니 댁에 머물지 않아서 예전보다 자주 보지 못하는 것 같아 조금 아쉽기도 하네. 얼마 전 다른 삼촌들과 놀러 갈 때 삼촌이 함께하지 못해 미안했어. 다음에 만나면 꼭 삼촌이랑 신나게 놀자.

삼촌의 친한 친구들 가운데 가장 먼저 결혼한 분이 바로 나율이의 부모님이었고, 가장 먼저 태어난 소중한 조카도 나율이였단다. 그래서인지 삼촌들 사이에서도 늘 나율이를 더 챙기게 되고, 유독 마음이 가는 조카가 되었지. 이제 초등학교 2학년이 되어 삼촌과 노는 것보다 친구들과 어울리는 게 훨씬 재미있을 나이인 것도 잘 알고 있어. 그래도 삼촌이 약속한 놀이동산은 꼭 같이 가기로 하자.

지금 나율이에게는 공부보다 친구들과 노는 시간이 세상에서 제일 즐거울 거야. 또 하고 싶은 것도 참 많을 시기이기도 하지. 친구가 하면 나도 해 보고 싶어지고, 음악과 미술을 배우다가도 태권도가 하고 싶어질 수 있고 말이야. 다 하고 싶어서 하루가 모자랄 만큼 바쁠 수도 있겠지.

삼촌은 나율이가 좋아하는 일을 이야기할 때마다 눈이 반짝이는 걸 느꼈어. 그만큼 열정이 가득하다는 뜻이겠지? 반대로, 꼭 해야 하는 일들에 대해서는 그다지 말하고 싶어 하지 않는 것도 느꼈고 말이야. 사실 삼촌도 곧 마흔이 되어 가는데, 그 마음은 나율이와 크게 다르지 않단다.

삼촌은 어른이 되고 나서 유독 내가 하고 싶은 일에만 몰두하며 살아왔어. 남들보다 조금 일찍 사회에 나와, 해 보고 싶은 일이라면 망설이지 않고 도전해 보았지. 모든 도전이 다 잘되지는 않았지만, 그 덕분에 값진 경험도 많이 얻을 수 있었어. 다만 시간이 지나고 보니, 하고 싶은 일에만 마음을 쏟느라 꼭 해야 할 일들을 소홀히 했다는 걸 깨닫게 되었단다.

특히 건강과 공부처럼, 당장은 눈에 보이지 않지만 가장 중요한 일들을 뒤로 미뤘어. 그 결과는 바로 나타나지 않았지만, 시간이 흐르고 나이가 들면서 천천히 결과에 대한 대가가 찾아왔지. 건강을 잃어 한동안 쉬어야 했고, 늦게 시작한 공부는 예전보다 훨씬 더 많은 시간과 노력이 필요했단다.

그제서야 삼촌은 어른들, 선생님, 멘토들이 말하던 '해야 하는 일'에는

다 이유가 있다는 걸 알게 되었어. 잃어 보고, 시기를 놓쳐 본 뒤에야 비로소 깨닫게 된 거지. 그래서 늦게라도 해야 할 일들을 다시 하나씩 해 나가며 살아가고 있단다.

삼촌이 배운 가장 중요한 건 이거야.

하고 싶은 일을 오래, 제대로 하기 위해서는 해야 하는 일이 함께 따라 온다는 사실이야. 마치 어릴 때 골고루 먹어야 몸이 튼튼해지는 것처 럼 말이야. 때로는 너무 하기 싫을 수도 있지만, 해야 할 일을 먼저 해 낸 뒤에 하고 싶은 일을 할 때는 마음이 훨씬 편하고, 그 즐거움도 더 커지더라.

얼마 전 나율이 부모님께서 나율이가 해야 할 일도 제법 잘하고 있다고 말씀해 주셨는데, 맞지? 방학 숙제나 영어 공부처럼 당장은 재미없어 보여도, 나율이의 미래를 위해 꼭 필요한 일들이 있을 거야. 삼촌은 나 율이가 충분히 씩씩하게 해낼 수 있다고 믿고 있어.

나율아, 하고 싶은 일을 위해서 해야 하는 일도 한 번씩은 꼭 힘내서 해 보렴. 처음에는 버겁고 귀찮을 수 있지만, 꾸준히 해 나가다 보면 어느 순간 하고 싶은 일을 더 즐겁게, 더 멀리 해 나갈 수 있을 거야. 나중에 사회에 나왔을 때는 삼촌보다 더 단단히 준비된 모습으로, 시행착오도 적게 겪기를 바라.

나율이 인생에서 정말 하고 싶은 분야로 멋지게 날아오르기를 삼촌은 늘 응원할게. 무더운 여름, 더위 조심하고, 8월 개학 전에 삼촌이랑 시원한 빙수 꼭 먹으러 가자.

해야 하는 일도, 하고 싶은 일도 모두 파이팅이야.

2025년 8월 4일
무더운 여름, 근무하다 잠시 쉬는 시간에 새우 삼촌이

P.S.
나율아, 하기 싫은 순간에도, 하고 싶은 일을 위해 한 걸음씩 내디딜 거라 믿어.

단단해지기 위한 노력

여섯 번째 편지.
감사함이 주는 선물

삶의 영양제, 감사

이서야, 잘 지내고 있지?

지하 주차장에서 쑥스럽게 네 아버지 뒤에 숨어 인사하던 아이였는데, 다음에 삼촌을 볼 때는 조금 더 반갑게 인사해 주리라 믿어.

얼마 전 사회생활로 바쁜 와중에 잠시 평일 하루를 쉬어 가며 네 아버지와 점심 식사를 했어. 서로의 근황을 나누다 보니, 이서가 건강하게 잘 자라고 있다는 소식을 들을 수 있었단다. 다음에 다시 만나는 날까지, 그저 지금처럼 건강하고 행복하게 자라길 새우 삼촌이 늘 기도하고 응원할게.

그날 네 아버지를 통해 작은 선물 하나를 전했어. 비록 마음에 쏙 드는 선물은 아니었을 텐데도, 밝게 웃으며 삼촌에게 감사하다고 인사하는 이서의 모습을 영상으로 보고 마음이 참 따뜻해졌단다. 그 순간, 이서가 마음씨까지 참 예쁜 아이라는 걸 다시 한번 느꼈어.

삼촌이 작은 것에 감사하며 살게 된 지도 어느덧 20년이 다 되어 가는 것 같구나. 한때는 많은 걸 누리며 오만하게 살았던 시절도 있었어. 좋은 교육 환경, 해외 대학 합격까지, 부족함이 없다고 느끼며 주어진 상황을 당연하게 여기고 살았지. 감사함보다는 당연함이 더 컸던 삶이었어.

'신은 공평하다'는 말이 맞았을까. 무엇이든 잘할 수 있다는 오만함이 가장 높아졌을 때, 정말 한순간에 누리던 모든 것을 잃게 되었단다. 모든 걸 내려놓고 나니 가장 필요한 건 강한 마음이라는 생각이 들었고, 그 길로 해군에 지원했어. 늘 감사함 속에서 살아가던 네 아버지와 함께 복무하며, 삼촌은 비로소 감사함이 무엇인지 네 아버지를 통해 배울 수 있었단다.

힘든 하루 끝에 "고생했다"는 말과 함께 건네받은 작은 박카스 한 병과 위로의 기도를 통해 마음 깊이 고마워지는 경험을 하게 되었지. 그래서인지 지금도 틈틈이 연락드리고 찾아뵙는 게 아닐까 싶네. 문득, 이서 아버지와 함께 바다 위를 항해하며 삶을 다시 돌아보던 시간들이 떠올라. 악천후 속에서도 묵묵히 앞으로 나아가던 함정 위에서, 자연의 위대함과 함께 땅 위에서 살아간다는 것 자체가 얼마나 큰 감사함인지 새삼 느끼게 되었던 순간들이었어.

인생에서 다시 시작 버튼을 누르고 새로운 마음으로 살아가다 보니, 참 고맙고 감사한 순간들이 많아졌어. 꼭 크고 특별한 선물이나 기회가 아니어도, 일상 속 소소한 순간들 안에서 감사함을 발견하며 살기 위해 노력하고 있단다.

공장에서 생산직으로 일하던 시절, 식당 아주머니가 반찬을 하나 더 얹어 주시던 순간, 어설픈 한국어로 전한 외국인 노동자 친구의 위로 한마디, 말없이 소주잔을 기울여 주던 동네 친구들, 진심으로 내가 잘되길 바라는 선·후배들, 그리고 무엇보다 언제나 내가 선택한 길을 응원하며 기도해 주는 이서 네 아버지까지. 이런 수많은 감사함 속에서 하루하루를 살아가고 있단다.

어릴 적 풍요 속에서 살던 때보다, 지금의 삶이 더 만족스럽게 느껴지는 이유도 아마 그 때문일 거야. 그렇게 감사함을 품고 살다가도, 때로는 그 마음이 무뎌질 때가 있어. 어렵게 들어간 회사에 오래 적응하다 보면 장점보다는 단점이 더 많이 보이기도 하고, 늘 곁에 있는 가족이나 친한 사람들에게 괜히 짜증을 내기도 하지. 삼촌도 사람이기에 실수를 하고, 익숙함과 반복되는 삶 속에서 감사함이 당연함이나 교만으로 바뀔 뻔한 순간들을 여러 번 겪었단다.

참 냉정한 사실은, 대부분의 사람들은 가지고 있던 것을 잃고 나서야 비로소 감사함을 깨닫는다는 거야. 어린 시절에는 비교적 쉽게 감사할 수 있었는데, 어른이 되고 나니 감사함을 잊은 채 살아가다 잃어버리는 경우가 더 많은 것 같아. 그리고 그 이후의 삶은 크게 두 갈래로 나뉘는 듯해. 잃은 뒤에 다시 감사함을 깨닫고 이전처럼 감사하며 살기 위해 노력하는 사람이 있는 반면, 왜 이 순간 모든 것을 잃었는지를 원망하며 불평 속에 머무는 사람도 있지. 안타깝게도 후자의 경우가 더 많은 게 현실이더라.

이서가 지금처럼 작은 것에도 감사할 줄 아는 이 마음을 오래도록 간직했으면 좋겠어. 이서는 이미 감사함을 잘 알고 있으니, 삼촌처럼 큰 변화나 극단적인 어려움을 통해서까지 배울 필요는 없을 것 같구나. 혹시 익숙함 속에서 감사함이 흐려지는 날이 오거든, 그땐 언제든 삼촌을 찾아오렴. 우여곡절 많은 삼촌의 인생 이야기 속에서 감사함이 왜 중요한지 다시 느낄 수 있는 이야기들을 전해 줄게.

마지막으로 삼촌이 꼭 전하고 싶은 말이 있어. 감사함은 사회 속에서 복리 이자처럼 차곡차곡 쌓여, 언젠가 더 큰 모습으로 돌아온다는 사실이야. 작은 감사의 마음은 주변 사람들을 따뜻하게 감싸는 담요가 되기도 하고, 나 자신을 건강하게 만들어 주는 삶의 영양제가 되기도 한단다. 중요한 건 단 한 번의 감사로는 그 힘을 느끼기 어렵다는 거야. 매일 조금씩 쌓이다 보면, 어느새 건강하고 단단한 삶의 길을 걷고 있는 이서를 발견하게 될 거라 믿어.

이서의 감사함으로 인해, 이서의 세상은 오늘도 따뜻할 거야. 오늘도 그 감사함 속에서 건강하고 따뜻하게 자라렴.

2025년 6월 17일
늦게나마 감사함을 배운 새우 삼촌이

P.S.
지금까지 열심히 걸어오며 삼촌이 느꼈던 그 많은 감사함을 다시 떠올리며, 오늘만큼은 미소 지으며 퇴근해 보려 해.
지금처럼, 작은 것에도 고마워할 줄 아는 마음으로 자라렴, 이서야.

끝까지 갈 수 있는 길을 선택하렴.

일곱 번째 편지.
최선을 다하는 방법

올인하지 않고 최선을 다하는 방법

HEALTH CARE CENTER
Café
Drip & Dutch
REAL BLACK TASTE
pandora
Store
WINE
Gyeonggido
SAMSUNG
Galaxy S25
정희락
16

이제 청소년이 되어 가는 희락이에게

희락아, 안녕.

삼촌을 기억할지 모르겠구나. 숫자를 좋아해 수학 문제를 놀이처럼 풀던 네 모습을 본 게 일곱 살 무렵이었는데, 어느새 초등학교를 마칠 날도 얼마 남지 않았구나. 자주 만나지는 못했지만, 네 어머니를 통해 늘 소식을 듣고 있단다. 지금처럼 친구들과 밝게 웃으며, 건강하게 자라길 삼촌은 늘 응원하고 있어.

희락이 네 어머니와는 외국인학교에서 직장 동료로 처음 인연을 맺은 뒤, 어느덧 8년이 훌쩍 지났구나. 그때의 삼촌은 열정과 의욕이 지나쳐, 일에서도 삶에서도 앞만 보고 달리던 사람이었기에 초반에는 업무적으로 마찰도 적지 않았지. 하지만 삶을 유연하게 바라보는 네 어머니 덕분에, 삼촌은 부족한 부분을 하나둘 돌아보게 되었단다. 어느 순간부터는 네 어머니께 내가 먼저 안부를 묻고 조언을 구하는 멘토로 모시게 되었지. 혹시 앞으로 희락이도 고민이 생긴다면, 삶의 지혜가 가득한 네 어머니의 이야기를 꼭 들어 보길 바란다.

얼마 전 우연히 예능 프로그램을 보다가, 한 작가가 "최선을 다하지 말아야 하는 이유"에 대해 이야기하는 걸 들었어. 인생은 길고 예측할 수 없기에, 어느 정도의 체력과 여유를 남겨 두고 살아야 한다는 말이었지. 삼촌은 그 말에 고개를 끄덕일 수밖에 없었단다. 왜냐하면 삼촌은 오랫동안 그와 정반대로 살아왔거든. 늘 오늘이 마지막인 것처럼 모든 걸 쏟아부었고, 그게 얼마나 위험한 선택이었는지 뒤늦게야 깨달았어. 긴 시행착오 끝에, 삼촌은 비로소 '올인하지 않고도 최선을 다하는 방법'을 배우게 되었단다.

물론, 희락이에게 "최선을 다하지 말라"는 말을 하고 싶은 건 아니야. 다만 인생에는 선택과 집중이 필요한 순간이 있고, 정말 중요한 때에만 자신의 한계에 가까울 만큼 힘을 써도 충분하다는 걸 전하고 싶구나. 넘어지더라도 다시 일어설 수 있는 힘과 잠시 멈췄다가 다시 나아갈 수 있는 마음만 잘 지켜 둔다면, 언제든 최선을 다해 살아갈 수 있다고 삼촌은 믿어.

나이가 들수록, 무언가 하나에 모든 걸 거는 일이 얼마나 삶을 위험하게 만들 수 있는지도 조금씩 알게 되더라. 희락이도 중학교를 지나 고등학교, 대학교, 그리고 사회로 나아가며 비슷한 생각을 하게 될 거야. 삼촌은 20대를 '오늘만 산다'는 마음으로 보냈고, 그만큼 많은 도전도 했단다. 하지만 그 경험 덕분에, 이제는 어느 하나에 모든 것을 걸지 않아도 된다는 사실을 배울 수 있었어.

삼촌은 남들과 조금 다른 길을 선택했고, 그 길이 옳다는 걸 증명하고 싶어 스스로를 많이 몰아붙였지. 우연히 접한 가구 업계의 일이 재미있어서, 새벽과 주말을 가리지 않고 공부와 일을 병행했어. 늘 잠이 부족했지만, 성장하는 내 모습이 삶의 원동력이 되었어. 하지만 점점 더 성공에 가까워질수록, 삼촌은 마치 과부하가 걸린 줄도 모른 채 질주하는 경주용 자동차처럼 달리고만 있었던 것 같아. 결국 30대 초반, 몸과 마음이 더는 버티지 못해 인생의 레이스에서 잠시 쉬어 가야 했단다.

다시 달리고 싶은 마음이 앞서, 충분한 재정비도 하지 않은 채 여러 번 재도전했지만 결과는 예전 같지 않았어. 성과는 줄어들고, 자신감과 열정은 식어 갔지. 그렇게 삼촌은 오랜 시간 몸담았던 길을 내려놓고, 비로소 '내가 정말 원하는 삶은 무엇일까'를 다시 생각하게 되었어. 지금은 큰 무리를 하지 않고, 오래 꾸준히 갈 수 있는 길을 선택했어.

삼촌은 인생이 결승점과 트랙이 단 하나뿐인 자동차 레이스라기보다는, 수많은 길과 상황이 이어지는 랠리에 더 가깝다고 생각해. 누가 가장 빨리 도착하는지도 중요하지만, 각자만의 길을 나아가며 끝까지 잘 버텨 완주하는 것 역시 멋진 일이거든.

살다 보면 한 번쯤은 자신의 한계에 가까울 만큼 최선을 다해 달려 보고 싶은 순간도 올 거야. 너무 무리하지 않는 선이라면, 그 경험은 분명 값진 기억이 될 거다. 그렇게 진심으로 달려 본 적이 있다면, 결과에 대해서도 담담해질 수 있고, 다시 시작할 힘도 생기게 되더라. 삼촌이 숱한 시행착오 끝에 배운 '최선의 방법'이 바로 그거야.

예전에 카페에서 장난을 치며, 희락이 네가 하고 싶은 걸 하라고 삼촌이 응원하던 순간이 기억나니? 앞으로 펼쳐질 인생에서 삼촌은 언제나 희락이만의 랠리를 응원할게. 때로는 힘껏 달리고, 때로는 속도를 줄이며, 너만의 속도로 완주하길 바란다.

혹시 달리다 과부하가 걸릴 것 같다면, 언제든 삼촌을 떠올려 줘. 잠시 쉬고 다시 달리는 법도, 삼촌은 꽤 잘 알게 되었거든. 빠르게 가는 것도 중요하지만, 끝까지 가는 것도 그만큼 중요하다는 걸 잊지 말았으면 좋겠다. 희락이만의 여정을 마음껏 즐기길 바라며, 앞으로의 랠리를 진심으로 응원한다.

2025년 7월 1일
희락이만의 랠리를 응원하며 새우 삼촌이

P.S.

정말 중요하다고 느껴지는 순간이 오면, 그땐 망설이지 말고 달려 보렴, 희락아.

여덟 번째 편지.
자신감 잃지 않기

오만하지 않은 자신감

연대유치원
HYUNDAI KINDERGARTEN
교육환경보호구역

늘 자신감 가득한 지후에게

지후야 안녕.

얼마 전 생일이 지나 이제 네가 네 살이 되었구나. 삼촌이 바쁘다는 핑계로 생일 축하를 제때 하지 못해서 마음이 쓰였어. 출장 다녀오면서 지후가 갖고 싶어 하던 몬스터트럭 레고를 꼭 들고 갈게. 그때까지 부모님 말씀 잘 듣고, 씩씩하고 건강하게 지내고 있으렴.

태어난 순간부터 가장 가까이에서 지후가 자라는 모습을 본 사람은 아마 삼촌일 거야. 삼촌 얼굴만 보면 울고 낯을 가리던 지후가 이제는 삼촌 이름을 부르며 이야기를 나누는 모습을 보면 그저 신기하고 고맙기만 해. 일이 무엇인지, 지후가 커 갈수록 삼촌도 점점 더 바빠지는 것 같아 자주 보지 못하는 게 늘 아쉽다.

얼마 전 공원에서 킥보드를 씩씩하게 타며 숫자를 하나씩 세어 삼촌에게 자랑하던 모습이 얼마나 귀여웠는지 몰라. 아직 모르는 숫자가 더 많겠지만, 자신 있게 말하던 그 모습만큼은 삼촌 마음속에 오래 남아 있단다.

지후가 커서 어떤 숫자를 어떻게 셌는지, 킥보드를 얼마나 잘 탔는지는 기억하지 못할지도 몰라. 하지만 지금의 그 자신감만큼은 잊지 않고 오래 간직했으면 좋겠어. 그 자신감은 앞으로 살아가며 지후를 앞으로 나아가게 해 주는 큰 힘이 되어 줄 거라 삼촌은 믿는다.

다만 한 가지, 자신감이 오만함으로 바뀌지 않도록 그 경계는 꼭 지키면 좋겠구나. 그 선을 지킬 수 있다면 지후는 사회에서도 자기가 하고 싶은 일을 더 단단하게 해 나갈 수 있을 거야. 삼촌은 한때 그 선을 잘 지키지 못해서 많은 시행착오를 맞이했단다.

중학교 때까지의 삼촌은 부끄러움도 많고 공부에도 큰 흥미가 없었어. 그런데 고등학교에 들어가면서 조금씩 달라지기 시작했지. 기초부터 차근차근 공부하고, 바쁜 학교생활 속에서도 여러 활동에 참여하면서 사람들과 어울리는 법을 배웠어. 자신감이 붙자 삼촌은 점점 더 당당해졌고, 학교 클럽 활동의 대표도 맡고 합창단에 들어가서 못하는 노래에 대한 도전을 해보고, 졸업식에서 친구들 앞에 서서 연설을 하기도 했단다.

그때는 몰랐어. 모든 일이 잘 풀리다 보니 자신감이 어느새 잘난 척으로 바뀌고, 마음속에 교만함이 자리 잡고 있었다는 걸 말이야.

"내가 해서 다 잘된 거야."

"앞으로도 나는 다 잘될 수밖에 없어."

이런 생각들이 얼마나 삶을 위험하게 만드는지 여러 번의 신호가 있었지만, 삼촌은 그것을 모른 척했어. 그리고 결국 많은 것을 잃고 나서야 그 사실을 깨닫게 되었단다. 잃기 전에 알았더라면 좋았겠지만, 한편으로는 잃어 봤기에 소중함을 알게 되었고 진짜 자신감을 다시 배울 수 있었어. 그 경험 덕분에 삼촌은 다시 사회 속에서 천천히, 그러나 단단하게 달릴 수 있었던 것 같아.

좋은 학교, 보장된 미래, 여러 기회를 잃고 나서 삼촌은 두 가지를 마음 깊이 새기게 되었단다. 지후가 나중에 사회에 나가게 될 때 작은 나침반이 되길 바라며 이 이야기를 전해 주고 싶어.

첫째, 어떤 일이 잘될 때에는 내 노력도 중요하지만 운과 시기, 그리고 주변 사람들의 도움이 함께 어우러진 경우가 많다는 거야. "나 혼자서도 다 할 수 있어"라는 순간은 생각보다 위험할 때가 많더라. 그래서 삼촌은 지금도 주어진 자리에서 그저 최선을 다하자는 마음으로 살고 있어.

둘째, 자신감을 지키기 위해서는 감사함과 겸손을 잊지 않아야 한다는 거야. 이제 마흔을 바라보는 나이가 되었지만 이건 여전히 쉽지 않은 일이더라. 그래도 감사하고 겸손하려 노력하면 자신감이 오만함으로 넘어가지 않는다는 걸 삼촌은 숱한 경험을 통해 배웠어.

지후는 이미 감사할 줄 알고, 사람을 소중히 여길 줄 아는 아이야. 그래서 삼촌처럼 큰 시련을 겪지 않아도 잘 자라날 거라 믿어. 지금의 그 자신감 있는 모습을 마음속에 오래 간직해서 훗날 지후가 좋아하는 분야에서 멋지게 날개를 펼쳤으면 좋겠구나. 그때까지 삼촌은 조용히, 하지만 누구보다 든든하게 지후의 한 걸음 한 걸음을 응원하고 있을게.

2025년 7월 8일
늘 자신 있게 세상을 향해 나아갈 지후를 응원하며 새우 삼촌이

P.S.

지후야, 감사함을 담은 자신감으로 단단한 어른이 되렴.

아홉 번째 편지.
스스로 하는 습관

나를 움직이는 힘

Santorini
CH

스스로 본인의 길을 잘 나아가는 다원이에게

다원아 안녕.

삼촌이 어떤 사람인지 혹시 부모님께서 이야기해 주신 적이 있을까?

삼촌은 15년 전 군 복무를 하며 네 아버지의 지휘를 따르던 병사로 처음 인연을 맺었어. 그 인연이 이어져 지금은 인생에 대한 조언을 받는 멘티로서, 서로의 안부를 묻고 응원하는 사이가 되었지.

삼촌은 군대에서 강한 훈련을 받으며 스스로 하는 법을 다시 배우게 되었단다. 매일 개인 정비를 하며 누가 시키지 않아도 해야 할 일을 해내는 습관 말이야. 또한, 다양한 복무를 통해 두려움 없이 임무를 완수할 수 있다는 자신감도 생겼지. 물론 사회라는 곳은, 그보다 훨씬 거센 파도와 예측하기 어려운 풍랑이 기다리고 있었지만 말이야.

인생을 살아가다 보면 거칠고 궂은 상황 속에서 방향을 잃고 표류할 때도 있더라. 삼촌도 수년간 몸담았던 가구업계를 떠나야 했을 때, 마음이 완전히 무너졌단다. 거대한 폭풍우를 만난 것처럼 목적이 흐려지고, 앞으로 어디로 가야 할지 알 수 없던 시기였어. 그럼에도 "하기 싫어도 해야 한다"는 마음 하나로 하루하루를 버텼지. 그렇게 여러 해의 시행착오를 겪고 나서야, 삼촌은 새로운 분야에서 다시금 자리를 잡을 수 있었어. 이제는 어떤 상황에서도 묵묵히 나만의 길을 걸어갈 힘이 조금씩 생겼다고 느낀단다.

네 아버지와 근황을 나누다 보면 다원이 이야기 역시 자주 듣게 되는데, 아직 초등학생임에도 자기 일을 스스로 잘 해낸다는 말을 들을 때마다 삼촌은 참 대단하다고 느껴. 어른들의 도움을 많이 받아도 되는 나이인데도, 스스로 행동하려는 마음을 갖고 있다는 건 정말 큰 장점이거든. 다 큰 어른인 삼촌에게도 다시 한번 스스로를 돌아보게 만드는 이야기였어.

다원이의 그런 습관은 아마 네 아버지와 어머니로부터 자연스럽게 배운 소중한 선물일 거야. 삶의 큰 고비 앞에서도 다시 일어서 묵묵히 앞으로 항해하는 네 아버지의 모습과, 새로운 도전을 주저하지 않고 해외 연수와 근무에 나서는 네 어머니의 모습을 보며 자라 왔으니 말이야. 그런 환경 속에서 자란 다원이에겐 그 자체가 아주 값진 자산이 될 거라고 삼촌은 믿어.

삼촌은 지난 14년 동안 사회라는 바다에서 항해를 하며, 한 분야에 자리를 잡고 더 나아가기 위해 노력해 왔단다. 냉정하게 보면 들인 시간에 비해 결과가 크지 않아 보일 수도 있어. 그래도 하고 싶었던 몇 가지 일은 결국 이뤄 낼 수 있었어.

하기 싫고 미루고 싶은 날이 훨씬 더 많았지만, 내가 원하는 것을 이루고 싶다는 마음 하나로 다시 몸을 움직였단다. 남들처럼 주말에 쉬고 싶고, 여행을 떠나고 싶었던 순간도 많았지만, 참고 한 걸음씩 나아가다 보니 어느새 목적지 근처에 와 있는 날들도 있었어.

어른이 되면 모든 게 더 쉬워질 것 같지만, 오히려 스스로 움직이는 일은 더 어려워지는 것 같구나. 해야 할 일은 늘어나고, 아무것도 하지 않고 쉬고 싶은 마음도 커지지. 그래서 많은 사람들이 '하지 않는 선택'을 하며 핑계와 명분을 만들기도 하는 것 같아.

삼촌은 이렇게 생각해.

하겠다고 마음먹었다면, 크지 않아도 좋으니 뭐라도 한번 해 보는 거야.

그 한 번이 습관이 되기도 하고, 실패를 통해 더 나은 방법을 찾게 되기도 하지. 때로는 그 과정에서 정말 내가 가고 싶은 길을 발견하기도 해. 결국 인생에서 많은 것을 결정짓는 힘은, 남이 아닌 나 스스로 움직이려는 마음인 것 같아.

다원아, 지금 네가 가지고 있는 스스로 하는 습관과 책임감은 앞으로
의 삶에서 분명 큰 힘이 되어 줄 거야. 네가 진정으로 하고 싶은 일, 이
루고 싶은 목표를 향해 차근차근 나아가길 삼촌은 진심으로 응원할게.
혹시 너무 버겁거나 지치는 날이 온다면, 부모님께 마음을 털어놓아도
좋고, 그래도 힘들다면 언제든 삼촌에게도 이야기해 줘. 삼촌은 무너
지기도 하고, 쉬어 가기도 하며, 많은 사람들의 이야기를 통해 배워 온
경험들을 기꺼이 나눌 수 있으니까.

"하늘은 스스로 돕는 자를 돕는다"는 말처럼, 스스로 움직일 줄 아는 다
원이는 분명 자신의 꿈에 닿을 거라 삼촌은 믿어. 앞으로의 학교생활
과 친구들, 가족과의 시간, 그리고 꿈을 향한 항해가 늘 순항하기를 진
심으로 바란다.

파이팅이다, 다원아.

2025년 10월 20일
오늘도 스스로 하기 위해 고군분투 중인 새우 삼촌이

P.S.
책임을 가지고 스스로 움직이는 다원이는, 분명 자신이 가고 싶어 하
는 길을 끝내 완주할 거라 믿어.

열 번째 편지.
솔직하고 진솔한 마음 갖기

순수한 마음으로 바라보는 연습

Disney
STITCH
STITCH
ALOHA!
OHANA
FAMIL
WAVES
FOR
DAYS

늘 밝게 웃는 하린이에게

하린아 잘 지내고 있지?

삼촌이 저번 주말에 준 김은 잘 먹고 있으려나? 고깃집에서 만났는데 고기보다 김을 더 잘 먹는 모습이 어찌나 흐뭇하던지, 선물 고른 보람이 있구나 싶었어. 하린이가 맛있게 먹는 모습을 보니 삼촌 기분도 덩달아 좋아지더라. 지금처럼 잘 먹고 잘 웃으면, 다가오는 겨울에도 감기 없이 잘 지낼 거라 삼촌은 믿어.

올 초여름에 동물원에서 보고 이번이 두 번째였지? 어른들도 짜증이 날 만큼 무더운 날이었는데, 하린이는 투정 한 번 없이 아빠 뒤를 졸졸 따라다니더라. 그 귀여운 모습 덕분에 삼촌은 잠시나마 더위를 잊을 수 있었어.

이번에도 "아빠가 제일 좋아" 하고 해맑게 웃던 하린이의 마음이 오래오래 이어지기를 삼촌은 진심으로 응원하고 싶구나. 언제가 될지는 모르지만, 삼촌도 하린이처럼 순수한 아이를 키워 보고 싶다는 생각이 들었어. 큰 선물을 주지도 못했는데 그렇게 좋아해 주고 고마워하는 하린이를 보니 오히려 삼촌이 더 고마웠단다. 하린이 덕분에 세상살이에 조금은 거칠어진 삼촌 마음도 잠시 씻겨 내려간 것 같아.

중학교와 고등학교 시절, 타지에서 가족들과 떨어져 지내며 하린이 아빠에게 많은 도움을 받았던 것에 비해, 어른이 되고 나서는 연락을 자주 하지 못했어. 그래도 설날이나 추석, 생일만큼은 늘 먼저 안부를 전했는데, 형님 입장에서는 서운할 때도 있었을지 모르겠구나. 그럼에도 늘 "그럴 수 있지" 하며 받아 주는 그 순수한 마음 덕분에 삼촌 마음은 늘 편안했어.

오랜만에 고깃집에서 서로의 근황을 나누고 옛 추억 이야기를 하며 웃다 보니, 지난 한 달 쉼 없이 달려와 지쳐 있던 삼촌의 마음도 다시 힘을 얻었네. 식당에서 "아빠가 좋아?"라는 질문에 망설임 없이 웃으며 대답하던 하린이 모습이 아직도 눈에 선해. 삼촌도 분명 그런 시절이 있었을 텐데, 어느새 솔직함보다는 감정을 숨기는 데 익숙해진 어른이 된 것 같아.

사회에서는 늘 중간쯤의 감정을 유지하고, 말수를 줄이고, 내 마음을 드러내지 않으며 지내 왔지. 어릴 때부터 혼자 결정을 내려야 하는 시간이 많았던 탓인지, 솔직한 나를 감추는 게 더 편해졌던 것 같아. 그렇게 살다 보니 어느 순간, 감정이 없는 회사원이 된 것처럼 느껴질 때도 있더라.

어렸을 적 삼촌은 좋고 싫음이 분명했고, 마음에 있는 걸 비교적 솔직하게 말하던 사람이었어. 그런데 시간이 흘러 나이가 들수록 진솔함보다는 눈치가 먼저 앞서더라. 상대의 감정과 상황을 살피느라 정작 내 마음은 뒤로 미루게 되었고, 그렇게 쌓인 마음은 퇴근 후 술 한잔에 흘려보내기 바빴지.

그 덕분에 사회에는 비교적 빠르게 적응할 수 있었지만, 그만큼 순수하고 솔직했던 마음에는 그늘이 생긴 것도 사실이야. 내 생각을 드러내지 않다 보니 주관이 없어 보이기도 했고, 사람들과는 늘 조금의 거리를 두고 지내게 되었지.

그래서인지 학창 시절 늘 솔직했던 하린이 네 아버지의 모습이 생각나더라. 지금 순수하게 웃으며 마음을 표현하는 하린이가 닮아 보이더라. 세상을 조금은 순수하게 바라보는 연습도 필요하다는 생각이 들었어. 물론 순수함만으로는 세상을 살아가기 어려운 순간도 있겠지. 하지만 내 감정과 생각을 표현할 때만큼은, 꾸밈없는 마음이 담겨야 진심이 전해진다고 삼촌은 믿어.

하루아침에 삼촌이 다시 순수해질 수는 없겠지만, 적어도 예전의 내 모습을 조금씩 떠올리며 살아가 보려고 해. 네 아버지와 하린이를 보며, 어른이 되어서도 자기만의 순수함을 어른의 방식으로 지켜가는 게 얼마나 중요한지 새삼 깨닫게 되었거든.

하린아, 지금처럼 해맑게 웃는 모습은 앞으로도 오래 기억해 줬으면 좋겠어. 그리고 어른이 되어서도 솔직하고 진솔한 마음으로, 자기 생각을 분명히 표현할 수 있는 사람이 되었으면 해. 꾸밈없는 마음이 오히려 많은 사람의 마음을 움직인다는 걸, 삼촌은 이제야 조금 알 것 같거든.

그 멋진 날이 오기까지, 삼촌이 늘 응원하고 기도할게. 언제나 하린이의 해맑음을 응원한다.

2025년 10월 13일
거뭇한 때를 씻으며, 조금은 진솔해지고 싶은 새우 삼촌이

P.S.

하린이가 지닌 진솔함은, 앞으로 세상을 밝히는 빛이 될 거야.

열한 번째 편지.
웃으며 사는 세상

웃다 보면 알게 되는 사실

방긋 웃어 주는 지수에게

저번 주말에 삼촌들과 재미있는 물놀이를 하기로 했는데, 갑작스럽게 일이 생겨 함께하지 못했구나. 많이 아쉬웠지만 여름이 가기 전에는 꼭 시간을 내 볼게. 그땐 정말 신나게 놀자. 그래도 다른 삼촌, 이모들과 즐거운 시간을 보냈으리라 믿고 다음을 기약할게. 네 아버지가 보내 준 사진 속에서, 언제나 그렇듯 환하게 웃으며 노는 지수의 모습을 보니 미안한 마음도 조금은 가벼워지네.

삼촌은 얼마 전 예전에 다니던 회사보다 근무 강도가 낮은 곳으로 옮기게 되었어. 그 덕분에 일과 삶의 균형을 맞추려 애쓰며 지내고 있단다. 이제야 마음도 조금은 안정된 것 같아. 하지만 마음과 달리 얼굴은 여전히 무의식중에 인상을 쓰고 다니더라. 예전엔 얼마나 괴로웠던 걸까. 늘 찌푸린 얼굴로, 새치가 늘어날 만큼 스트레스를 받으며 살았어. 앞날에 대한 걱정과 주어진 일의 무게에 눌려 여유 없이 지내다 보니, 행복은커녕 웃음이라는 게 삶에서 사라져 있었던 것 같아.

그러던 어느 시기에, 지수와도 친한 나율 언니가 태어났고, 네 오빠 지후, 나현이, 그리고 지수 네가 차례로 이 세상에 나왔단다. 다시 열심히 살아 보자 마음먹고 새로운 도전을 시작했을 무렵이었지. 시간적인 여유가 생기면서 너희들과 만날 기회도 많아졌어. 순수하고 행복하게 자라나는 모습을 바라보며 삼촌은 자연스럽게 나 자신의 삶을 되돌아보게 되었단다.

특히 지수의 웃음은 삼촌에게 많은 걸 가르쳐 주었어. 우울했던 현실을 돌아보게 했고, 잊고 지냈던 따스한 마음을 깨워 주었지. 그렇게 전염된 웃음 덕분에 삼촌도 모르게 웃기 시작했고, 웃다 보니 근심으로 가득 차 있던 머릿속이 정리되며 생각도 마음도 한결 맑아지더라.

삼촌의 이십 대와 삼십 대는 한 치의 실수도 허락하지 않는 일들, 그리고 성공에 대한 집착으로 가득 찬 시간이었어. 그래서 웃음보다는 늘 진중함과 심각함에 사로잡혀 있었지. 그런데 돌이켜 보니 웃음은 멀리 있지 않았더라. 사십 도가 넘는 더위 속에서도 서로를 놀리며 웃던 공장 사람들, 주문 실수로 납품에 문제가 생겼는데도 웃으며 넘기던 영업 선배, 새벽부터 지쳐 있던 동료들과 벌이던 말도 안 되는 가위바위보 내기까지. 어쩌면 웃음은 지금의 힘듦을 현명하게 건너게 해 주는 작은 영양제 같은 게 아닐까 싶어.

오늘도 주말 근무를 마치고 지친 몸으로 집에 가는 길에 네 아버지와 잠시 통화를 했는데, 옆에서 들려오는 지수의 웃음소리에 삼촌은 또 한

번 힘을 얻네.

이제는 이유나 대가 없이도 웃어 보려 해. 모든게 심각하기만 했던 삼촌의 인생이었다면, 요즘은 회사에서도 편하게 농담을 주고받으며 웃고 있는 삼촌을 발견하게 돼. 조건 없이 해맑게 웃는 지수 덕분에, 사회에서도 회사에서도 조금은 더 유하게 살아갈 수 있게 되어 참 고맙다.

가장 힘든 순간에도 웃어 보려 하니 잠시나마 괴로움을 잊게 되고, 멈춰 있던 시간이 다시 흐르는 것 같더라. 별것 아닌 듯 웃고 넘기다 보니 인생의 틈이 보이기 시작했고, 그 틈 속에서 여유도 찾게 되었어. 지수도 언젠가 사회와 회사 속에서 힘든 순간을 마주하게 된다면, 어릴 적 해맑게 웃던 자신의 모습을 한 번쯤 떠올려 보았으면 좋겠구나.

"가장 싼 보약은 잠과 웃음이다"라는 어른들의 말이 문득 떠오른다. 지금처럼 웃음을 잃지 말고, 해맑게 지내며 건강하게 자라길 바란다.

웃음을 다시 찾아 주어서 고마워, 지수야. 또 보자.

2025년 7월 27일
무더운 여름, 주말 근무를 마치며 웃고 있는 새우 삼촌이

P.S.

어떤 순간에서도 웃음을 잃지 않는 지수가 되길 바란다.

함께 살아가는 마음

열두 번째 편지.
표현의 중요성

생각과 마음을 전하는 지혜

그 누구보다 감정에 솔직한 유건이에게

유건아, 잘 지내고 있니?

삼촌이랑 신나게 놀았던 날이 봄이 오기 직전이었는데, 어느새 봄은 지나고 여름이 찾아왔구나. 회사 일과 경조사, 그리고 이런저런 약속들을 오가다 보니 유건이와 놀 시간은 결국 뒤로 밀려 버린다. 삼촌이 약속은 최대한 지키려 노력하는 거 알고 있지? 당장 보긴 어렵더라도, 장마가 오기 전에는 꼭 만나서 또 재미있게 놀며 새로운 추억을 만들자.

얼마 전 퇴근길에 유건이 아버지와 통화를 하다가, 전화 너머로 "삼촌 보고 싶어요"라고 말하는 유건이의 목소리를 들었단다. 삼촌이 얼마나 감동했는지 모를 거야. 친구나 지인 조카들 중에서 그렇게 솔직하게 마음을 표현해 준 건 유건이가 처음이었어. 유독 일이 버거웠던 날이었는데, 말 한마디에 이렇게 힘을 얻을 수 있다는 걸 그날 처음 제대로 느꼈단다. 오랜 사회생활 탓인지, 삼촌은 어느새 마음을 표현하는 데 서툰 어른이 되어 있었거든.

좋으면 좋다, 싫으면 싫다, 보고 싶으면 보고 싶다고 말하는 유건이를 보며 삼촌은 많이 배운다. 삼촌은 사춘기 시절부터 하숙 생활을 하다 보니, 내 생각이나 감정보다 상대방의 의견이나 다수의 선택에 맞추는 데 익숙해졌어. 표현하지 않고 수긍하는 것이 가장 빠르게 평화와 안정을 찾는 방법이라고 믿었던 것 같아. 그러다 보니 표현은 점점 줄어들고, 마음은 안쪽으로만 쌓여 갔지.

그 습관 덕분에 군 생활도 큰 문제 없이 지나갔고, 제대 후에는 남들보다 조금 일찍 회사에 들어가 사회생활을 시작했어. 당시의 회사는 군대처럼 위 아래가 분명했고, 의견을 표현하는 일은 곧 반항으로 받아들여질 수 있었어. 그래서 삼촌은 더 조용해졌고, 내 색을 지우고 수긍하는 것이 현명하다고 생각하며 지냈어.

하지만 십수 년의 사회생활을 지나오며 알게 된 건, 표현하지 않으면 상대는 내 상황도, 내 마음도 정확히 알 수 없다는 사실이야. 표현을 해야 오해가 줄고, 관계도 지킬 수 있었는데 삼촌은 그걸 너무 늦게 깨달았던 것 같아.

물론 사회에서의 표현은 쉽지 않아. 상대의 기분을 해치지 않으면서 내 뜻을 전하고, 이해시키고, 설득하는 일은 경험을 통해서만 배울 수 있는 영역이니까. 그걸 알면서도 잊고 살고 있었는데, 유건이의 "보고 싶다"는 한마디가 삼촌을 다시 일깨워 주었다. 고마워.

유건아, 네가 지금처럼 마음을 잘 표현하는 사람이라는 걸 꼭 기억했으면 좋겠다. 훗날 사회에 나가서도, 회사에 들어가서도 그 솔직함을 잃지 않았으면 해. 세상은 점점 공정해지고 있지만, 여전히 불합리하고 답답한 순간들이 많아. 그런 상황 속에서도 노련하게, 그러나 너답게 표현하며 스스로를 지킬 줄 아는 어른이 되길 삼촌은 진심으로 응원한다.

2025년 6월 8일
솔직해지고 싶은 새우 삼촌이

P.S.

표현이 서툰 삼촌이 이런 이야기를 한다는 게 조금은 어색할지도 모르겠다. 삼촌은 제대로 표현하지 못해 소중한 사람과의 기회를 놓친 적도 있었지만, 유건이는 네 자유로운 표현으로 꼭 많은 기회를 네 것으로 만들기를 바라.

표현하는 법을 잊지 않고 자랐으면 한다 유건아.

잠시 기대어 쉬면, 더 큰 힘이 되어 돌아올 거야.

열세 번째 편지.
의지하며 나아가기

서로에게 힘이 되어 주는 존재

의지하며 잘 지내고 있는 해나, 이나에게

해나야, 이나야 안녕.

아마 삼촌과 직접 만난 적이 없어서 삼촌의 존재가 조금 낯설 수도 있겠구나. 비록 직접 만나지는 못했지만, 늘 네 어머니를 통해 너희 소식을 듣고 있어서인지 몇 번 만난 조카들처럼 마음이 참 가깝게 느껴진단다.

삼촌을 먼저 소개해야겠지? 삼촌은 지금으로부터 10년 전, 네 어머니와 같은 회사, 같은 팀에서 함께 일했어. 그때 삼촌은 막 사회에 들어온 신입사원이었고, 네 어머니는 이미 회사 생활에 익숙한 중간관리자였지. 아무것도 다듬어지지 않은 원석 같던 삼촌이 사회라는 곳에 적응할 수 있도록 네 어머니는 많은 도움을 주셨단다. 그 덕분에 지금의 삼촌은 완벽하지는 않아도 어느 조직에서도 잘 어울리며 지낼 수 있게 되었단다.

집에서는 어떤 어머니이신지는 잘 모르지만, 사회에서 만난 네 어머니는 따뜻하면서도 필요할 때는 냉정할 줄 아는, 조금은 무서웠던 선배로 기억해. 그 시절이 너무 좋은 기억으로 남아 있어서인지, 십 년이 지난 지금도 당시 팀원들과 일 년에 한두 번은 꼭 만나 옛이야기와 현재의 근황을 나누며 새로운 추억을 쌓아 가고 있단다. 다만 슬픈 사실은, 시간이 이렇게 흘렀는데도 삼촌은 아직 네 어머니께 종종 혼나네.

20대에 만나 이제는 모두 30대와 40대로 접어들며 결혼도 하고, 아이를 키우며 각자의 삶을 살아가고 있지만, 삼촌은 여전히 철없던 스물여섯 살 신입사원 같은 마음으로 지내는 것 같아. 그래서인지 선배들에게 아직도 혼나는 건 아닐까 싶기도 하고 말이야. 네 어머니를 통해 결혼과 육아 이야기를 들을 때면, 자연스럽게 해나와 이나의 소식도 함께 듣게 되는데, 그럴 때마다 삼촌도 언젠가는 가정을 꾸리고 싶다는 생각을 하게 된단다.

해나와 이나는 늘 함께 지내다 보니 다툴 때도 있겠지만, 서로 심심하지 않게 의지하며 잘 지낸다는 이야기를 들을 때마다 삼촌의 마음도 참 따뜻해져. 어머니가 집안일로 바쁠 때에도 가게 놀이를 하며 서로 점원이 되었다가 손님이 되기도 하고, 둘이서 재미있게 노는 모습을 떠올리면 서로에게 얼마나 큰 힘이 되어 주고 있는지 느껴져서 부럽기도 하고, 또 대견하기도 해.

다른 조카들을 보면 혼자 있는 시간이 많아 외로움을 느끼거나 부모에게 많이 의지하는 경우도 적지 않은데, 해나와 이나는 서로가 곁에 있어서 그런지 그렇지 않다는 점이 참 신기해. 이 모습을 보며 삼촌은 살아가면서 누군가에게 의지할 수 있다는 것이 얼마나 중요한 일인지 다시 한번 깨닫게 되었단다.

삼촌 역시 회사와 사회생활 속에서 '의지하며 나아가는 법'을 네 어머니와 그때의 팀원들을 통해 배울 수 있었어. 너무 급하고 이르게 준비 없이 사회로 나왔던 삼촌은 모든 걸 혼자 짊어지고 가야 한다는 부담 속에서 늘 지냈단다. 혼자 버티며 세상에 부딪치다 보니 몸도 마음도 상처받는 일이 많았지. 그러다 우연히 네 어머니가 있는 팀으로 옮기게 되었고, 함께 근무한 1년 동안 비로소 제대로 된 사회생활이 무엇인지, 그리고 서로에게 의지하며 나아간다는 것이 무엇인지 배우게 되었어.

회사도, 집안 사정도 모두 버거워 모든 걸 내려놓고 싶던 시기에 그 팀을 만났고, 그 1년은 삼촌에게 큰 위로와 회복의 시간이 되었단다. 함께 일하며 서로를 챙기고, 누군가 바쁠 때면 말없이 일을 나누어 돕고, 힘든 날에는 회식을 하며 힘든 마음을 풀기도 했지. 개인적인 고민을 나누며 위로를 받았던 순간들도 많았고, 돌아보니 우리는 모르는 사이에 서로에게 많이 의지하고 있었던 것 같아. 그때 처음 알았어. 회사와 사회에서는 혼자서 모든 걸 해낼 수 없고, 마음을 조금 열어 서로에게 의지할 때 비로소 오래, 그리고 건강하게 회사나 사회에서 앞으로 나아갈 수 있다는 사실을 말이야.

삼촌은 '의존'이 아닌 '의지하며 나아가는 것'이 곧 협업이라고 생각해. 혼자 애써 버티는 것보다, 서로 기대며 걸어갈 때 길은 더 단단해지고 마음도 덜 힘들어지거든. 어쩌면 해나와 이나의 어머니가 10년 전 삼촌에게 보여 주었던 그 모습이, 지금은 해나와 이나에게 자연스럽게 이어지고 있는지도 모르겠구나. 앞으로도 지금처럼 서로를 생각하며 하루하루를 보내길 바라.

살다 보면 기쁜 일만 있는 건 아니지만, 서로 손을 잡고 함께 걸어간다면 슬픔과 고통은 반으로 줄고, 기쁨은 두 배가 된다는 걸 언젠가는 꼭 느끼게 될 거야. 서로를 생각하는 마음과 함께 자라 온 해나와 이나는, 삼촌보다 훨씬 더 세상에 잘 적응하며 살아갈 거라 믿어 마음이 참 든든해.

앞으로의 여정을 위해 삼촌은 늘 응원할게. 오늘도 어머니 말씀 잘 듣고, 재미있는 놀이를 이어 가렴. 언젠가 삼촌과도 함께 점원 놀이를 할 수 있기를 바라며, 항상 건강하게 잘 지내렴.

2025년 8월 11일
의지하는 법을 네 어머니에게서 배운 새우 삼촌이

P.S.

해나야, 이나야. 지금처럼 서로에게 든든히 의지하며 세상을 걸어가렴.

열네 번째 편지.
이해하면 편해

서로를 이해하며 살아가는 삶

서로 다름을 이해하려고 노력하는 윤모와 준모에게

윤모야, 준모야 안녕?

얼마 전 바베큐장에서 고기를 구워 주던 삼촌을 기억하고 있으려나. 차 사고가 났던 삼촌을 걱정해 주고, 고기도 맛있게 먹는 모습을 보며 삼촌 마음이 얼마나 흐뭇했는지 몰라. 삼촌 자동차 수리 다 되면 꼭 보여 주겠다고 약속했는데, 다음번에는 꼭 삼촌 차 타고 놀러 가자.

놀이터가 있는 바베큐장이어서 윤모와 준모는 고기를 먹고 나서는 서로 뛰어놀기 바빴고, 삼촌도 너희 어머니, 아버지와 오랜만에 밀렸던 이야기들을 나누느라 많은 시간을 함께하지는 못했네. 그럼에도 둘이 사이좋게 노는 모습이 참 보기 좋더라. 물론 중간에 작은 다툼도 있었지만, 그걸 차분히 풀어 나가게 도와주시는 어머니, 아버지의 지혜를 보며 삼촌도 많이 배워야겠다는 생각이 들었어.

무엇보다 윤모는 준모를, 준모는 윤모를 이해하려 애쓰는 모습이 인상 깊었단다. 아직 어린 형제임에도 서로를 바라보고 맞추려는 모습에서 잠시나마 성숙함을 느낄 수 있었어. 오랜만에 보는 우애 좋은 형제를 보며 삼촌 마음도 따뜻해지네.

삼촌은 어릴 적 누나와 자주 싸우기만 했던 기억이 많아. 티격태격하던 그 모습은 나이가 들어서도 쉽게 바뀌지 않았었지. 그런데 마흔에 가까워진 지금에서야 서로를 조금씩 이해하기 시작했고, 이해하고 나니 자연스럽게 배려하고 응원하게 되더라. 가족이면 서로를 당연히 이해할 거라 생각했는데, 지나고 보니 오히려 가족이기 때문에 더 많이 이해하려 노력해야 한다는 걸 사회생활을 하며 배우게 된 것 같아. 쉽지는 않았지만, 이해하려 애쓰고 나니 관계도 예전보다 훨씬 부드러워졌어.

윤모야, 준모야.
삼촌은 여러 회사에서 근무하며 정말 다양한 사람들과 함께 일해 왔어. 현장과 사무실을 오가며 회사 안에서는 다양한 부서와 협업하여 일하기도 했고, 영업 업무를 했을 때는 고객과 소비자를 만나기도 했지. 그러다 보니 나와 생각이 다르고, 성향이 다른 사람들과 함께해야 하는 순간이 늘 찾아오더라. 그럴 때마다 내 생각만 고집하기보다는, 상대방의 마음을 이해하고 서로의 입장을 조율해 나가는 과정이 얼마나 중요한지 깨닫게 되었단다.

윤모와 준모가 지금은 초등학교와 유치원에 다니고 있지만, 시간이 흐를수록 더 많은 사람들을 만나게 될 거야. 그중에는 분명 나와 잘 맞지 않는 사람도 있을 테고 말이야. 그렇다고 해서 너무 속상해하거나 마음을 무겁게 가질 필요는 없어. 오히려 서로 다른 점을 이해하고 맞춰 나가는 과정 속에서 우리는 조금씩 어른이 되고, 사회를 훨씬 부드럽게 살아갈 수 있게 되는 것 같구나.

삼촌의 경험으로 보면, 다름을 받아들이는 순간 상황이 훨씬 편해지는 경우가 많았어. 큰 감정 소모 없이도 문제가 풀리고, 시간도 아낄 수 있었지. 그렇게 경험이 쌓이다 보면 이해의 폭이 넓어지고, 어디에서든 잘 적응하는 사람이 되더라. 나와 다른 점을 얼마나 빨리 인정하고 삶에 받아들이느냐가, 세상을 조금 더 유연하게 살아가게 해 주는 윤활유 같은 역할을 해 주는 것 같아.

삼촌은 사회생활을 10년쯤 하고 나서야 이걸 깨달았는데, 윤모와 준모는 벌써부터 조금씩 배우고 있는 것 같아 삼촌은 마음이 놓인단다.

형제로서의 우애를 시작으로, 앞으로 살다 보면 부딪히는 일도 분명 있겠지만, 지혜로운 부모님과 함께라면 서로를 더 깊이 이해하는 시간이 계속 늘어날 거라 믿어. 훗날 윤모와 준모가 어떤 길을 걷게 되든, 사회에서 마주하는 기회와 변수들을 잘 받아들이고 씩씩하게 헤쳐 나갈 모습을 떠올리면 삼촌은 벌써부터 설렌다.

앞으로 펼쳐질 수많은 추억을 마음껏 즐겼음 해. 윤모와 준모의 인생

안에서의 항해가 늘 순항하길 진심으로 바란다.

Bon voyage!

2025년 8월 17일

다시 찾아온 무더위를 이해하려 애쓰는 새우 삼촌이

P.S.

윤모야, 준모야. 지금처럼 서로의 다름을 인정하고 이해하며 자라 가렴.

열다섯 번째 편지.
힘이 되어 주는 존재

주고받는 힘의 소중함

힘이 되어 주는 지영이에게

지영아, 잘 지내고 있니?

한국에서 잠깐 만났던 게 벌써 2년 전이구나. 기억하고 있을지는 모르겠지만, 네 어머니와 놀이터에서 신나게 뛰놀던 모습이 아직도 삼촌 눈에는 생생해. 이제는 어버이날 축하 인사 영상을 찍을 만큼 훌쩍 자랐다는 이야기를 들으니, 시간이 참 빠르다는 생각이 든다. 앞으로도 더 많은 추억을 쌓으며 건강하게 자라렴.

네 아버지와의 인연은 군대에서 직속상관으로 만나 어느덧 15년이 넘었네. 보통은 근무지가 바뀌고 제대를 하면 자연스럽게 연락이 뜸해지기 마련인데, 한번 맺은 인연을 소중히 여기는 네 아버지 덕분에 지금까지도 서로 안부를 나누며 지내고 있단다. 군 제대를 하고 각자의 자리에서 살아가고 있지만, 네 아버지와 연락할 때면 삼촌은 여전히 스물두 살의 어린 수병이 된 것 같은 기분이 들어.

지구 반대편에 살고 있어 자주 통화하지는 못하고, SNS를 통해 지영이의 소식을 접하고 있어. 사진이 올라올 때마다 부쩍 자란 모습이 느껴져서, 매번 다른 아이를 보는 것 같기도 하구나. 얼마 전 어버이날 인터

뷰 영상을 보았는데, 말도 또박또박 잘하고 마음씨도 참 예뻐서 삼촌이 절로 미소가 지어졌어. 왜 네 아버지가 힘든 군 생활 속에서도 웃으며 살아갈 수 있는지, 그 이유를 조금은 알 것 같더라. 언제 한국에 오게 될지는 모르겠지만, 오게 되면 삼촌이 맛있는 음식과 과자도 꼭 사 줄게.

삼촌의 20대는 그리 순탄하지 않았어. 대학 입학을 포기해야 할 정도로 앞이 잘 보이지 않던 시기에, 흔들리지 않도록 곁에서 조용히 인생의 방향을 잡아 주신 분이 바로 네 아버지였단다. 진심으로 걱정해 주시고, 더 나아질 수 있도록 힘을 보태 주셨으며, 작은 변화에도 함께 기뻐해 주셨어. 군대에서의 인연을 넘어, 제대 후에도 변함없이 이어진 그 배려 덕분에 삼촌은 사회에 조금씩 적응할 수 있었고, 다시 일어설 힘을 키울 수 있었어.

삼촌은 네 아버지를 통해 누군가에게 힘이 되어 주는 법을 배웠고, 지금은 부족하지만 또 다른 누군가에게 힘이 되어 주기 위해 노력하며 살아가고 있어. 세월이 흐를수록 느끼는 건, 누군가의 곁에 묵묵히 힘이 되어 준다는 일이 얼마나 값진 일인가 하는 점이야.

업무 특성상 네 아버지가 지영이와 떨어져 지내는 시간이 길 때도 있을 텐데, 그럼에도 늘 환하게 웃으며 아빠를 응원하는 지영이의 존재가 부모님께 정말 큰 힘이 되고 있다는 사실을 전하고 싶구나. 이처럼 지영이는 이미 누군가에게 큰 힘이 되는 존재란다. 앞으로 커 가면서, 지영이가 힘을 주는 사람이면서 동시에 힘을 받을 줄 아는 사람으로 건강하게 자랄 거라 삼촌은 믿어.

나중에 사회생활을 시작하게 되면 알게 되겠지만, 세상은 혼자서만 살아갈 수 있는 곳은 아닌 것 같아. 서로가 서로에게 힘이 되어 주고, 때로는 힘을 건네며 살아가는 것이 삶을 단단하게 만드는 방법 중 하나라고 삼촌은 생각해. 지영이가 아버지에게 큰 힘이 되는 존재인 것처럼, 그리고 삼촌이 네 아버지에게서 큰 힘을 받았던 것처럼, 서로를 응원하고 지지해 줄 수 있다면 더 멋진 삶을 꿈꿀 수 있을 거야.

힘이 되어 주는 존재인 지영아, 앞으로 펼쳐질 미래를 향해 삼촌이 늘 응원할게. 혹시 힘이 부치는 날이 오더라도, 그때는 삼촌이 지영이에게 힘이 되어 줄게. 그게 삼촌이 받은 마음을 다시 돌려주는 또 하나의 방법이라고 생각한단다.

Fair winds and following seas!

2025년 9월 15일
지영이에게 힘이 되고 싶은 새우 삼촌이

P.S.

이미 소중한 지영아, 지금처럼 누군가에게 힘이 되어 주는 사람으로
자랐으면 좋겠구나.

열여섯 번째 편지.
아낌없이 주는 나무

대가 없는 베풂

아낌없이 베푸는 서율이에게

서율아 안녕.

무더운 여름에 너에게 편지를 쓰겠다고 펜을 잡았다가, 몇 문장 적어 두고 잠시 잊고 있었던 것 같구나. 멋진 풍경이 가득한 가을을 지나 이제는 겨울이 코앞이네. 일이 바쁘다는 핑계로 편지가 많이 늦어져서 미안한 마음도 커. 그래도 이렇게 다시 펜을 들었으니, 서율이를 생각하는 삼촌 마음을 좋게 받아 주었으면 좋겠구나.

10년 전, 네 아버지가 팀장으로 있던 가구 회사에서 병가를 쓰며 인생의 방향을 고민하던 시절이 아직도 엊그제 같은데, 어느새 강산이 변했네. 그사이 팀장님이었던 네 아버지는 결혼을 하고 서율이를 낳고, 진급을 거듭해 이제는 부장님이 되셨어. 매년 인사를 드리며 더 멋진 모습으로 찾아뵙고 싶지만, 삼촌은 여전히 10년 전 신입사원 때와 크게 다르지 않은 모습인 것 같아. 좋게 말하면 변함없는 일관성이지만, 어쩌면 아직도 철없는 사회인으로 지내고 있는 건 아닐지 스스로에게 묻게 되기도 한단다.

서율이 소식은 네 아버지를 통해 늘 듣고 있어. 태어난 순간부터 지금까지 자라 오는 이야기를 들을 때마다, 아버지에게는 한없이 사랑스러운 딸로 지내고 있다는 게 느껴져서 삼촌도 덩달아 미소가 지어지더라. 이제 초등학교에 갈 날도 머지않았는데, 여전히 어떤 대가도 바라지 않고 그저 아버지를 사랑하며 주말마다 함께 노는 모습을 떠올리면, 한때 베푸는 일에 인색해졌던 삼촌의 모습이 부끄럽게 느껴지기도 해.

삼촌도 어렸을 적에는 남을 돕는 일을 좋아했고, 서율이처럼 대가 없이 누군가를 위해 행동하는 것이 자연스러웠던 시절이 있었단다. 고등학교 때까지는 구호단체나 사람을 돕는 의미 있는 일을 직업으로 삼고 싶다는 꿈도 품고 있었지. 만약 집안 사정의 급격한 변화와 여러 어려움이 없었다면, 그 꿈을 이루며 살고 있지 않았을까 생각해 보기도 해.

성인이 된 이후에도 상황이 허락하는 한 기부를 하고, 어려운 분들을 남몰래 돕기도 했지만, 아이러니하게도 그 시기 삼촌의 삶은 점점 더 버거워졌단다. 건강도, 사회생활도 바닥으로 향하면서 결국 돕는 일을 멈추게 되었고, 더 이상 아낌없이 베푸는 삶을 살지 못하게 되었지.

솔직히 말하면, 한때는 사회를 원망하기도 했어. 열심히 살았다고 생각했는데 왜 나아지는 건 없고 시련만 계속되는지, 불만과 좌절이 마음에 가득 차 있던 시절이었단다. 그런데 시간이 지나 돌아보니, 그 힘든 순간마다 삼촌을 도와준 사람들이 분명히 있었어.

10년 전, 몸도 마음도 지쳐 모든 걸 내려놓고 싶었던 때, 서율이 네 아버지 덕분에 다시 한번 지푸라기를 잡고 일어설 수 있었다는 이야기를 꼭 전하고 싶구나. 무엇을 바라고 한 행동이 아니라, 그저 내가 잘되기를 바라는 마음 하나로 함께 고민해 주고, 끝까지 믿어 준 그 마음이 얼마나 큰 힘이 되었는지 모른다.

삼촌은 회사를 떠나 삼촌만의 길을 걷게 되었지만, 지금도 네 아버지는 매년 "무슨 일을 하든 잘할 수 있다"며 변함없는 응원과 조언을 건네주고 계신단다. 사회에 나와 살아 보면 알게 될 거야. 아무런 대가도 바라지 않고, 그저 잘되기를 바라는 마음으로 내미는 손이 얼마나 귀하고 대단한지 말이야.

십수 년의 사회생활을 돌아보면, 내 여유와 상관없이 누군가의 잘됨을 바라며 살아온 시간이 그리 많지 않았다는 사실도 인정하게 돼. 그래서 이제는, 아직 부족하더라도 대가를 바라지 않고 베푸는 마음을 조금씩 다시 키워 가 보려고 해.

작지만 지난 3년간 꾸준히 후원을 이어 온 덕분에 유공장을 받기도 했고, 병마로 삶의 기로에 서 있던 지인을 위해 진심으로 기도하고 응원했을 때, 그 상태가 호전되는 기적 같은 순간을 지켜보기도 했단다. 내가 잘 되는 것이 분명 중요하지만, 인생을 살아가며 주변을 돌아보고,

내가 줄 수 있는 만큼의 도움 안에서 최선을 다해 베푸는 삶도 충분히 멋진 길이라는 생각이 들었어.

서율이도 언젠가 학교를 다니고, 사회로 나아가는 날이 오겠지. 그때 하고 싶은 일을 향해 힘껏 나아가기를 응원하는 동시에, 어릴 적 아무 조건 없이 사랑하고 베풀던 마음을 오래 간직했으면 좋겠다. 도움이 필요한 누군가를 만났을 때, 계산하지 않고 손을 내밀 수 있는 어른으로 자라나기를 삼촌은 진심으로 믿고 응원할게.

아자아자 파이팅!

2025년 11월 17일
아낌없이 주고 싶은 새우 삼촌이

P.S.
서율아, 대가 없이 주는 마음을 간직한 사람에게는 더 큰 행복이 늘 자연스럽게 따라오더라.

열일곱 번째 편지.
선입견 없는 세상

있는 그대로 받아들이고 보는 진솔함

늘 밝게 삼촌을 맞이하는 소헌이에게

거리낌 없이 방긋 웃으며 삼촌에게 안기던 소헌아, 잘 지내고 있니? 꽃 샘추위가 막바지일 때 보고, 여름이 오기 전에도 한 번 더 보고 싶었는데 시간이 참 빠르구나. 여름의 시작을 알리는 장마가 벌써 찾아왔어. 삼촌이 전에 약속했듯이 무더위가 오기 전, 주말에는 꼭 시간을 낼게. 우리 키즈카페에서 신나게 놀아 보자. 그때까지 삼촌도 일 없는 주말을 잘 만들어 둘게. 하루 종일 놀 수 있도록 체력도 조금 보강해야겠지. 소헌이는 늘 지금처럼 건강하고 씩씩하게 하루하루를 보내며 무럭무럭 자라고 있으렴.

보통 어린 조카들을 만나면 새우 삼촌에게 가기 싫다고 울거나, 안기기만 하면 몸을 비트는 경우가 많더구나. 그런데 소헌이는 참 신기하게도 울지 않았어. 안경을 쓰고 덩치가 큰 아저씨를 무서워할 법도 한데, 소헌이는 무서움이 없는 건지, 아니면 편견이 없는 건지 그저 웃으며 다가와 주었지. 그 모습 덕분에 늘 무뚝뚝해 보이던 삼촌 얼굴에도 저절로 미소가 번지더라. 울지 않고 삼촌에게 안겨 준 소헌이가 얼마나 고마웠는지 몰라. 지금처럼 가리는 것 없이 순수하게 세상을 바라보는 그 시선을 오래 간직했으면 좋겠구나.

소헌이도 나이를 먹고 어른이 되면 느끼게 되겠지만, 회사와 사회 속에서 살아가다 보면 사람들은 쉽게 선입견이라는 색안경을 쓰고 세상을 바라보게 되는 것 같아. 안타깝게도 나이를 먹을수록 그 색안경의 색은 점점 짙어지고, 있는 그대로의 모습보다는 겉으로 보이는 부분이나 남들의 지레짐작에 더 초점을 맞추게 되지. 의식하지 않으면 어느새 나도 모르게 그 색안경을 다시 쓰고 세상을 보고 있더구나. 삼촌 역시 그런 선입견이 익숙해진 어른이었고, 어쩌면 아주 어릴 때부터 그 안경을 쓰고 살아왔던 건 아닐까, 가끔 지난 시간을 돌아보게 된다.

삼촌은 좋은 학군에서 해외 연수를 통해 비교적 이른 나이에 넓은 세상을 접할 기회를 가졌어. 세상에는 다양한 사람이 있고, 그 다양성을 존중해야 한다는 사실도 어린 나이에 배웠지. 그럼에도 불구하고 좋은 학벌과 집안이 사람을 평가하는 중요한 기준이라고 믿으며 학창 시절을 보냈던 것 같아. 그렇게 삼촌은 그 기준에 부합하는 사람이 되기 위해 참 열심히 살아왔단다. 하지만 그 믿음은 마음속에 차별을 만들었고, 결국 오만함을 키우기에 충분한 시간이었어. 만약 인생에서 큰 전환점을 맞이하지 못했다면, 삼촌은 평생 짙은 선입견의 안경을 쓰고 살았을지도 몰라. 그랬다면 소헌이 부모님도, 소헌이 아버지와의 소중한 인연도 만나지 못했겠지.

고등학교를 졸업한 뒤, 인생이 한없이 아래로 떨어지는 롤러코스터를 타는 듯한 시간을 지나며 그 색안경은 자연스럽게 벗겨졌단다. 군복무와 일찍이 시작한 사회 생활을 시작으로 전국 각지에서 다양한 사람들과 함께 근무하며, 겉으로 보이는 것이 전부가 아니라는 사실을 몸으로 배웠어. 가진 것을 잃고 나니, 그동안 당연하게 여겼던 것들이 얼마나 소중했는지도 알게 되었지. 공장에서 함께 일했던 생산직 아저씨들, 그리고 외국인 노동자 친구들과 이야기하며 삼촌 스스로 다짐했어. 절대 주어진 상황만으로 사람을 판단하지 않겠다고.

사람을 쉽게 판단하지 않고, 함부로 조언하지 않게 된 가장 큰 이유도 그때의 경험 때문이야. 보이는 대로, 남들이 믿는 대로 받아들이기보다 전후 사정과 마음속 이야기를 들으려 노력하니, 조금씩 마음의 진솔함과 진정성이 보이기 시작하더구나.

선입견과 편견에서 조금씩 자유로워지자 삼촌은 진짜로 하고 싶은 일에 도전할 수 있었어. 일을 하면서 대학교를 다니거나, 직접 이력서를 들고 가고 싶은 회사에 찾아가는 용기를 보이기도 했지. 남들이 걷지 않는 길을 선택하면서 실패도 있었지만, 대신 누구도 대신할 수 없는 값진 경험과 경력을 쌓을 수 있었어. 만약 소헌이가 커서 선입견이라는 안경을 쓰고 삼촌을 본다면, 삼촌은 사회에 적응하지 못한 수많은 도전의 실패자로 보일지도 모르겠다. 하지만 지금 소헌이가 보여 주는 그 순수한 눈과 마음으로 바라본다면, 삼촌은 늘 새로운 길에 도전하는 탐험가처럼 보일 수도 있다는 이야기를 꼭 전해 주고 싶어.

누군가에게 멋져 보이기 위해서, 인정받기 위해서가 아니라 진짜 내가 하고 싶은 일에 도전하고 싶다면, 그 시작은 바로 그 선입견 안경을 벗는 것이라고 삼촌은 생각해. 겉모습으로 판단하지 않고, 대화하고 교류하며 솔직한 마음을 이해하려 할 때 비로소 사람들의 다양성을 인정하게 됐어. 그 다양성을 받아들이기까지 삼촌은 무려 20년이 걸렸어.

지금처럼 세상의 많은 사람들이 가진 시선이 아니라, 진솔한 눈으로 세상을 바라보며 자랐으면 좋겠구나. 소헌이가 삼촌에게 그랬듯, 겉모습으로 판단하지 않는 그 마음을 삼촌도 오래도록 잊지 않을게. 세상에는 똑같은 삶을 산 사람이 없고, 사연 없는 집안도 없단다. 내가 그 사람이 아니라면 온전히 이해할 수 없기에, 우리는 더욱 선입견과 편견을 갖지 않게 조심해야 해.

이미 그런 안경 없이 세상을 바라보고 있는 소헌이라 커서도 그 맑은 시선을 잃지 않을 거라고 봐. 자유롭고 진솔한 세상 속에서 소헌이 네가 하고 싶은 분야나 꿈을 향해 힘차게 나아가기를 삼촌은 진심으로 응원할게.

2025년 7월 15일

짙게 칠해진 선입견을 멀리하고 싶은 새우 삼촌이

P.S.

소현아, 지금처럼 순수하고 너그럽게 이해하는 마음으로 세상을 바라

보며 자라길 바란다.

끝이 있어야, 다시 시작할 수 있단다.

열여덟 번째 편지.
헤어짐을 넘는 지혜

아쉬운 이별, 추억을 통한 새로운 만남

다시 만날 날을 기약하며 헤어진 레오에게

레오야 안녕.

아직도 동물에 대한 관심이 많아서 가족들과 동물원을 자주 다니고 있겠지? 이제 네가 네 살이 되어 간다는 게 삼촌에겐 참 신기한 일이야. 이렇게 어린 나이에 무언가를 좋아하고, 그 마음을 오래 간직하는 건 참 좋은 습관인 것 같아. 앞으로도 레오가 좋아하는 것, 하고 싶은 것들을 마음껏 해 보길 지구 반대편 한국에서 삼촌이 늘 응원할게.

삼촌은 친구로서 20년을 함께해 온 네 어머니를 거의 10년 만에 다시 만났어. 그리고 네 아버지, 레오, 레오 동생까지 가족 모두를 만나게 되어 참 반갑고 행복했단다.

예전엔 어린아이 같던 네 어머니가 이제는 두 아이의 엄마가 되어, 오히려 내가 인생이나 고민에 대해 조언을 구하게 될 만큼 많이 자란 모습이 참 인상 깊었어. 그래도 변하지 않은 건, 마치 어제 보고 헤어진 친구를 다시 만난 것처럼 여전히 편안했다는 거야.

레오와는 이번에 처음 만났고 오래 함께한 건 아니지만, 삼촌과 친해지기에는 충분한 시간이었어. 올 여름, 서울대공원에서 함께 동물들을 보고, 키즈카페에서 미끄럼틀을 타며 놀던 시간 덕분에 삼촌도 바쁜 일상에서 잠시 쉬어 갈 수 있었단다. 덕분에 삼촌이 이제 동물 이름도 제법 알게 됐고 말이야.

출국하기 직전, 삼촌과 꼭 안아 주며 인사하던 순간에 레오 마음에도 이별의 아쉬움이 가득했겠지. 그래도 우리는 다시 만날 날을 약속했잖아. 그러니 지금의 아쉬움은 잠시 내려놓고, 다시 만날 그날을 기대하며 씩씩하게 지내자.

레오도 앞으로 살아가면서 많은 만남과 헤어짐을 경험하게 될 거야. 놀이터에서 신나게 놀다가 집에 가야 할 때도 있고, 동물원 문 닫는 시간에 맞춰 나와야 할 때도 있겠지. 키즈카페에서 더 놀고 싶어도 이제 나와야 하는 순간처럼, 재미있게 함께 놀았던 삼촌들과도 마지막 인사를 해야 하는 때가 온단다. 지금은 그런 인사들이 참 어렵고, 슬프게 느껴질지도 모르겠구나.

하지만 삼촌은 레오가 한 가지는 꼭 기억했으면 해. 마지막 인사가 있으면, 그 뒤에는 언제나 새로운 만남이 다시 찾아온다는 사실을 말이야.

삼촌도 어른이 되면서 많은 헤어짐을 겪었어. 다니던 직장을 정리해야 했던 순간도 있었고, 오래 함께할 거라 믿었던 사람과 아프게 이별한 적도 있었지. 또 좋아하던 것들과 어쩔 수 없이 멀어져야 했던 때도 있었단다. 그런 헤어짐들은 나이가 들수록 줄어들기보다는, 오히려 더 많아지더라.

그래서 삼촌은 이렇게 생각하게 되었어. 헤어짐 앞에서 너무 오래 머물기보다는, 마음을 조금 단단히 먹고 다시 걸어 나갈 줄 알아야 한다는 걸 말이야. 헤어짐이 너무 힘들어 발걸음을 멈춘 적도 있었지만, 그렇다고 그 상황이 달라지지는 않았거든.

대신 삼촌은 함께했던 좋은 순간들을 한 편의 영화처럼 마음속에 간직하기로 했어. 아쉬움과 미련은 짧게 남기고, 웃고 즐거웠던 추억은 오래 품기로 말이야. 그렇게 지내다 보니 헤어짐도 조금은 덜 아프게 지나갈 수 있었고, 또 다른 만남을 기대할 수 있게 되었어.

레오도 지금은 삼촌과 잠시 헤어졌지만, 우리가 함께 웃고 놀았던 순간들을 좋아하는 영화 보듯 마음속에서 꺼내 보며 다시 만날 날을 기다리자.

레오가 어른이 되면 지금보다 더 많은 이별을 경험하게 되겠지. 그럴 때마다 이별하기 전의 좋았던 순간들을 모아 '추억'이라는 영화를 만들어 보렴. 힘들고 지칠 때 그 영화를 마음속에 틀어 두고 있으면, 레오도 모르는 사이 다시 앞으로 나아가고 있을 거야. 그리고 그 끝에는 또 새로운 만남과 새로운 추억이 기다리고 있을 거야.

다시 만나는 그날까지, 잘 지내고 있으렴.

2025년 06월 22일
새로운 만남 속에서 만들어질 추억을 기대하며 새우 삼촌이

P.S.
헤어짐은 끝이 아니라 다음 만남으로 가는 정거장일 뿐.
'추억'이란 정거장에서 다시 만나자.

흔들리지 않고 나아가는 힘

열아홉 번째 편지.
천천히 가도 괜찮아

자신의 속도를 믿고 나아가기

천천히 잘 가고 있는 도현이에게

도현아,

세상에 나온 지 여섯 달쯤 되었을 때 너를 처음 보고, 얼마 전 다시 만났으니 삼촌을 기억하기는 아직 어렵겠지. 아빠 품에 안겨 있던 조그만 아기가 이제는 엄마와 아빠 사이를 씩씩하게 오가며 뛰어다니는 걸 보니, 시간이 참 빠르게 흐른다는 걸 새삼 느낀다. 이번이 두 번째 인사였지만, 다음에 만날 땐 삼촌하고도 조금 더 신나게 놀 수 있으면 좋겠구나. 그때까지 지금처럼 몸도 마음도 건강하게 쑥쑥 자라 다오.

네 아버지와 삼촌의 인연은 벌써 30년이 넘었단다. 초등학교 시절 같은 반에서 만나 축구를 하고, 컴퓨터 게임을 하며 참 많은 시간을 함께 보냈지. 고등학생이 되고 어른이 되면서 자주 보지는 못했지만, 만나기만 하면 늘 어린 시절로 돌아간 것처럼 웃고 장난치게 되는 친구란다. 사회라는 큰 바다에 발을 디디며 네 아버지의 사업과 일, 그리고 지혜로운 네 어머니와의 만남과 결혼, 그렇게 도현이 네가 태어나기까지의 소식을 들으며, 이제는 친구라기보다 형처럼 느껴지기도 해.

얼마 전 동네에서 네 아버지를 만났을 때, 늘 걱정을 잘 드러내지 않던 아버지가 조심스럽게 말하더구나. 혹시 도현이가 남들보다 조금 천천히 크고 있는 건 아닌지 걱정된다고 말이야. 하지만 엄마, 아빠에게 환하게 웃으며 안기는 너의 모습을 본 삼촌은 오히려 마음이 놓였단다. 사람마다 자라는 속도는 조금씩 다른 것 같아. 그 차이 때문에 도현이가 답답할 때도 있고, 어른들이 괜히 조급해질 때도 있겠지만, 시간이 지나 돌아보면 그 차이는 아주 작아질 거라 삼촌은 믿고 있단다.

삼촌도 인생과 일에서 남들보다 더디게, 느리게 가고 있는 편이야. 하지만 그래서 불안하거나 걱정하지는 않아. 삼촌도 사회에 적응하려고 미친 듯이 달려 본 적이 있었고, 아무것도 하지 못한 채 터널 속에 머문 적도 있었단다. 인생을 다양한 속도로 살아오며 깨달은 건, 인생에서 빠르게 가는 것이 꼭 가장 좋은 건 아니라는 사실이었어. 오히려 천천히 가는 것이 더 현명할 때도 많더구나. 무엇보다 중요한 건, 남과 비교하지 않고 나만의 속도를 찾아 꾸준히 걸어가는 것이 아닐까 싶어.

젊은 시절 삼촌은 남들보다 빨리 성공할 수 있다는 자신감 하나로 앞만 보고 달렸어. 남들이 쉬는 주말에도 출근하여 업무를 준비하기도 했고, 퇴근 후에도 남아 대학교 수업을 들으면서 일과 공부를 병행하기도 했어. 때론 지쳐 쓰러지고 넘어져도 다시 일어나 달릴 수 있을 거라 믿었고, 그렇게 해야만 한다고 생각했지. 하지만 속도를 줄이지 못한 채 앞을 제대로 보지 못한 삼촌은 결국 어두운 터널을 들어오고서야 멈출 수 있었어.

그 터널 속은 답답하고 앞으로 어떤 일이 벌어질지 무서웠단다. 자신의 꿈을 향해 달려가는 사람들을 부러워하며 스스로를 원망하기도 했지. 그렇게 방황하던 삼촌에게 작은 불빛이 되어 준 사람 중 한 명이 바로 네 아버지였어.

"뭐 어때, 괜찮아."
"이참에 쉬어 가는 거지."

대수롭지 않게 던진 그 말들이 삼촌에게는 큰 위로가 되었단다. 그때부터 삼촌은 다시 걷기 시작했어. 천천히, 내 속도로 말이야. 천천히 가는 것이, 늦는 것이, 결코 틀린 게 아니라는 걸 서서히 깨달았단다. 그렇게 시간이 흐르다 보니, 어떤 부분에서는 오히려 앞서 가고 있는 나 자신을 발견하게 되더라.

삼촌은 스물두 살이 되어서야 책을 읽기 시작했고, 남들보다 여섯 해 늦게 다시 대학에 들어갔어. 사회에는 일찍 나왔지만, 서른셋에 신입으로 새로운 일을 시작하기도 했단다. 그 모든 길이 조금 느렸지만, 지금은 그 속도가 참 고맙게 느껴져.

도현아, 속도는 생각보다 중요하지 않단다. 지금처럼 밝게 웃고, 차근차근 너만의 내실을 쌓아 가다 보면 어느새 훨씬 단단해진 도현이의 모습을 만나게 될 거야. 무엇보다, 어둠 속에서도 불빛을 비춰 주던 든든한 아버지가 곁에 있으니 도현이는 분명 자기 속도로 잘 자라게 될 거라 삼촌은 믿는다.

혹시 나중에 도현이가 자라서 삶의 속도가 버겁고 답답해질 때가 오면, 그땐 삼촌이 작은 불빛이 되어 줄게.

2025년 7월 22일
도현이만의 성장 속도를 응원하며 새우 삼촌이

P.S.

인생에는 각기 다른 각자의 속도가 있을 뿐이야.

스무 번째 편지.
넘어져도 괜찮아

상황을 딛고 일어나면 되는 용기

나현아 안녕.

삼촌들과 함께 대형마트와 카페를 다니며 신나게 놀았던 주말이 벌써 한 달 가까이 지나가고 있구나. 부모님 품에 안겨 방긋 웃던 모습이 얼마 전 같은데, 이제는 혼자 씩씩하게 돌아다니는 모습을 보니 삼촌 생각보다 시간이 훨씬 빠르게 흐르고 있는 것 같아. 밥도 잘 먹고, 표정도 더 풍부해져서 그런지 나현이는 하루가 다르게 더 예뻐 보이더라.

혹시 어디에 부딪히지는 않을까 조심스레 뒤를 따라다니며 잠시나마 함께 산책했던 순간이 삼촌 기억 속에 오래 남네. 걷다 넘어지는 순간마다 깜짝 놀라 달려가게 되지만, 아무 일 없다는 듯 스스로 몸을 일으키는 나현이를 보며 삼촌은 또 한 번 놀랐어. 울어도 이상하지 않을 순간에, 고사리 같은 손으로 땅을 짚고 다시 일어나는 모습을 보며 삼촌은 아이 같지 않은 씩씩함에 감탄하게 되었단다.

그 모습을 보니 삼촌도 문득 어릴 적이 떠올랐어. 예전에는 넘어져도 별생각 없이 다시 일어났던 것 같은데, 나이가 들수록 넘어졌다 일어나는 일에 더 많은 힘과 용기가 필요하더라.

삼촌은 20대에 열정과 패기, 그리고 "할 수 있다"는 자신감으로 세상을 마주하며 살았어. 노력하면 안 될 일은 없고, 부딪히면 다 배울 수 있다고 믿었지. 넘어져도 크게 아프지 않았고, 다시 벌떡 일어나 해야 할 일과 하고 싶은 일을 향해 달려갈 수 있었단다. 그때의 삼촌은 남들보다 뒤처질까 걱정한 적은 있어도, 세상이 그리 무섭게 느껴지지는 않았던 것 같아.

하지만 시간이 흐르며 반복되는 실패와 예기치 못한 상황들 앞에서, 그렇게 단단해 보였던 삼촌도 무너진 적이 있었단다. 특히나 망가진 건강으로 제대로 걷는 것조차 힘들었지. 서른이 지나 한동안은 다시 일어나는 것조차 포기하고 싶었던 적도 있었어. 그때의 삼촌은 늘 불평과 불만 속에서 하루를 보내며, 마주한 상황을 외면하려 했고, 스스로를 질책하며 지냈단다. 인생에서 넘어졌다는 사실을 인정하기 싫어서 더 깊이 주저앉아 있었던 시간이었지.

그 어두운 시간 속에서 삼촌이 다시 바닥을 짚고 일어날 수 있었던 건, 나현이 엄마와 아빠처럼 곁에서 묵묵히 응원해 주는 사람들 덕분이었어. 누군가의 말 한마디, 기다려 주는 마음 하나가 다시 일어설 수 있는 힘이 된다는 걸 그때 처음 알게 되었단다.

어릴 적에는 넘어져도 어른들이 "괜찮아"라고 말해 주면 정말로 괜찮아졌던 것 같아. 하지만 나이가 들수록 인생에서의 넘어짐은 실수가 아니라 실패처럼 느껴지고, 그 낙인이 마음을 더 무겁게 만들기에 안 괜찮다고 많이 느끼는 것 같아. 사실 사람은 누구나 넘어질 수 있는데 도 말이야. 주변의 시선과 스스로에게 씌운 기대 때문에 다시 일어나 는 일이 더 어려워지는 것 같더라.

삼촌은 여러 번 넘어지며 알게 되었어. 어릴 적처럼, 너무 큰 의미를 두 지 않고 다시 일어나는 힘이 때로는 필요하다는 걸 말이야. 넘어진 채 로 머무르는 시간이 길어질수록, 다시 일어나는 것이 더욱 어려워지기 에 그저 바로 일어나는 힘이 얼마나 중요한지 다시금 깨달았어.

넘어져도 다시 훌훌 털고 달리는 나현이를 보며, 앞으로 펼쳐질 나현이 의 미래에서도 지금처럼 어떤 상황에도 잘 일어나 계속 나아갈 수 있을 거라 삼촌은 믿어. 살다 보면 분명 넘어지는 순간이 있을 거야. 그때마 다 너무 걱정하지 않았음 해. 넘어지다 보면 상처도 나고 아플 수도 있 지만, 시간이 지나면 상처는 아물고, 상처를 통해 삶의 배움이 되기도 한단다.

불혹을 앞둔 지금도 삼촌은 여전히 인생에서 넘어지고 있어. 다만 예 전과 다른 점이 있다면, 다시 일어나는 법을 알고 있다는 거야. 나현이 가 지금 그러하듯이 말이야. 혹시라도 다시 일어나는 일이 너무 힘들

게 느껴지는 날이 오면 언제든 삼촌에게 이야기하렴. 넘어져도 괜찮
아. 삼촌이 다시 일어설 수 있도록 곁에서 함께해 줄게.

그저 지금처럼, 다시 일어나 한 걸음 내디디면 되는 거야.

2025년 8월 25일
넘어짐에 익숙해진 새우 삼촌이

P.S.

삼촌은 나현이의 어떤 발걸음도 늘 응원하고 있을게.

스물한 번째 편지.
혼란을 잠재우는 마법

받아들이고 인정하면 쉬워지는 지혜

쑥쑥 크고 있는 노아에게

노아야 안녕. 지구 반대편에서 잘 지내고 있지? 삼촌은 네 아버지와 연락하며, SNS에 올라오는 사진으로 노아가 잘 자라는 모습을 멀리서나마 지켜보고 응원하고 있단다. 언제가 될지는 쉽게 약속할 수 없지만, 만약 삼촌이 지구 반대편으로 가게 된다면 꼭 노아를 만나러 갈게.

네 아버지가 삼촌을 어떤 삼촌이라고 이야기할지 벌써부터 조금 걱정이 되기도 해. 아직도 네 아버지와 이야기를 나누다 보면 우리는 늘 중학교 2학년에 머물러 있는 것 같거든. 장난은 여전하고, 어른스러운 행동보다는 그저 웃고 떠드는 일이 더 좋단다.

20년이 훌쩍 지나고, 우리가 4~50대가 된다 해도 노아 앞에서 과연 어른답게 행동할 수 있을지는 잘 모르겠구나. 그만큼 우리는 학창 시절, 노는 데에 진심이었고, 장난에도 진심이었어. 삼촌은 이미 네 아버지와 같은 학년을 보내며 할 수 있는 장난은 거의 다 해 본 것 같아. 교무실에 불려 갈 정도였으니 말이야. 그래서 삼촌은 노아가 아버지의 이 특별한 재능만큼은 닮지 않기를 두 손 모아 기도한단다.

중학교 3학년이 되었을 무렵, 네 아버지와 삼촌은 운 좋게도 외국에서 공부할 기회를 얻게 되었어. 비록 같은 나라는 아니었지만, 비슷한 시기에 해외에서 지내는 경험을 했지. 가족과 함께 떠난 것이 아니어서 외롭고 힘든 순간도 많았지만, 그 시간 덕분에 우리는 조금 더 빨리, 그리고 조금 더 깊이 성장할 수 있었던 것 같아.

지금도 네 아버지와 이야기를 나누다 보면, 굳이 말하지 않아도 서로 이해되는 순간들이 많단다. 완전히 다른 문화와 언어 속에서 삼촌은 살아남기 위해 그 나라 사람처럼 생각하고 행동하며 지내야 했어. 그러다 어느 정도 적응했을 무렵 다시 한국으로 돌아오게 되었지. 그때 삼촌의 머릿속은 많이 혼란스러웠어. 분명 태어나고 자란 나라였지만, 예전처럼 자연스럽게 공감되지 않는 부분들이 생기면서 "나는 누구인가"라는 고민도 많이 했어.

두 나라의 언어와 문화를 이해하게 되었다는 점에서는 좋은 경험이었어. 반대로 어디에도 완전히 속하지 못한 사람 같다는 생각에 마음이 늘 복잡했지. 한동안은 방향을 정하지 못하고, 그저 시간을 흘려보내기도 했단다. 그런데 시간이 지나고, 많은 사람들과의 인연 속에서 경험이 쌓이면서 하나를 깨닫게 되었어.
혼란을 잠재우는 방법은, 억지로 정답을 찾는 게 아니라 지금의 나를 받아들이고 인정하는 것이라는 사실을 말이야.

내가 이렇다며 부정하거나 밀어내는 대신, "아, 지금 나는 이런 사람이구나" 하고 받아들이자 마음이 조금씩 잔잔해졌어. 그 뒤로는 어디서든 적응하는 일이 예전보다 훨씬 쉬워졌고, 어떤 환경에서도 살아갈 수 있다는 자신감도 생겼어.

노아야, 너는 지금 자라고 있는 나라가 가장 익숙할 테고, 한국이라는 나라는 조금 낯설게 느껴질 수도 있을 거야. 자라면서 부모님의 나라와 문화, 언어를 함께 배우다 보면 마음이 복잡해지는 순간도 분명 올 거라고 삼촌은 생각해.

그럴 때에는 억지로 헷갈림을 없애려 하지 않아도 괜찮아.
다르다는 걸 부정하지 않고, "그럴 수도 있지" 하고 받아들이는 순간, 마음은 훨씬 편안해질 거야. 세상에는 다른 것이 정말 많지만, 틀린 것은 없단다. 고칠 필요는 없지만, 이해하고 받아들여야 하는 순간은 늘 찾아오지. 그 사실을 알게 되면 혼란은 조금씩 힘을 잃게 돼.

노아의 아버지와 어머니, 그리고 삼촌은 '다르면 틀리다'고 말하던 사회에서 자라며, 또 완전히 다른 문화와 언어를 어린 시절에 배워야 했기에 더 많은 고민과 시행착오를 겪었단다. 그래서 지금은 혼란을 잠재우는 나름의 방법을 알고 있어.

노아가 어떤 고민을 하게 되더라도, 네 곁에는 그 마음을 이해해 줄 든든한 부모님이 있다는 걸 꼭 기억했으면 좋겠구나. 그리고 혹시 마음속 이야기를 털어놓기 어려운 날이 온다면, 언제든 삼촌에게 이야기해도 괜찮아. 노아가 자기 속도로, 자기 방식대로 하루하루 나아가길 삼촌은 늘 응원하고 있을게.

2025년 10월 7일
추석 연휴에 혼란과도 천천히 화해하고 있는 새우 삼촌이

P.S.

1년 동안 드넓은 바다를 항해하며 삼촌이 깨달은 건, 의지와 방향, 그리고 묵묵히 나아가는 힘이 있다면 어떤 환경에서도 결국 목적지에 도착할 수 있다는 사실이었어. 노아만의 멋진 항해가 언제나 안전하고 의미 있기를 진심으로 바란다.
스스로를 받아들이는 순간, 노아의 마음은 세상을 담아낼 수 있을 거야.

스물두 번째 편지.
내려놓음의 미학

비로소 받아들이고 보이는 삶의 지혜

내려놓음을 아는 듯한 은성이에게

은성아, 일주일 사이에 삼촌을 잊어버린 건 아니겠지? 음악 소리에 맞춰 춤을 추고, 1부터 9까지 숫자놀이를 하며 놀던 은성이 덕분에 삼촌도 잠시나마 쉬어 갈 수 있었어. 다음에 또 기회가 된다면, 뽀로로랑 핑크퐁이랑도 같이 놀자.

아직은 낯도 가리고, 새로운 사람이 그저 어색하기만 할 텐데도 은성이는 마음을 열고 삼촌과 함께 놀아 주었지. 만약 은성이가 처음 느꼈던 어색함을 꼭 붙잡고 있었다면, 그렇게 재미있게 웃으며 놀 수는 없었을 거야. 쉽지는 않았겠지만, 자기 마음속 생각을 잠시 내려놓았기에 새로운 시간이 보였던 게 아닐까, 삼촌은 그렇게 생각해.

네 어머니와 친구로 지낸 지도 벌써 13년이 흘렀구나. 자주 만나지는 못해도, 만나기만 하면 마치 어제 헤어졌다가 다시 만난 동네 친구처럼 편안해. 같은 나이임에도 삼촌은 늘 네 어머니에게서 배울 점을 찾고, 스스로를 돌아보게 되네.

삼촌은 13년 전이나 지금이나 열정만 앞세운 채 크게 이룬 게 없어 보이는데, 네 어머니는 학업과 일에서 멋진 도전을 이어 왔고, 천사 같은 네 아버지를 만나 은성이와 함께 따뜻한 가정을 만들어 가고 있잖아. 은성이를 키우면서도 자신의 길을 멈추지 않는 모습을 보며, 어머니의 사랑이 얼마나 단단한 힘을 가지고 있는지 다시금 느끼게 돼.

삼촌은 인생의 갈림길에 서 있거나, 문득 마음이 복잡해질 때면 네 어머니와 아버지를 찾아가 이야기를 나누곤 해. 삼촌이 워낙 말이 많은 편이라 때로는 두 분을 지치게 할지도 모르지만, 이렇게 마음 놓고 이야기를 털어놓을 수 있는 사람이 있다는 사실만으로도 큰 위로가 되더라. 그 시간 동안 삼촌은 사회와 삶에서 꼭 쥐고 있던 것들을 잠시 내려놓고, 그동안 보지 못했던 것들을 보게 되기도 해. 물론, 늘 잘 내려놓지 못하기에 아직도 삼촌에게는 인생의 숙제처럼 느껴지지만 말이야.

살아 보니 참 신기한 게 있더라. 꼭 붙잡아야 한다고 힘을 주면 줄수록, 오히려 멀어지는 것들이 있다는 거야. 반대로 힘을 조금 빼고, 지금의 상황을 그대로 받아들이면 전혀 보이지 않던 길이 스스로 모습을 드러내기도 하더라고. 은성이도 언젠가 자라면서 이 말을 이해하게 되는 날이 오겠지.

삼촌은 20대의 절반이 넘는 시간을 한 분야의 밑바닥에서부터 시작하여, 여러 부서를 거치며 나름의 전문가가 되기 위해 달려왔어. 그런데 그 과정에서 건강에 적신호가 켜졌고, 결국 계획했던 모든 자리에서 내려와야 했단다. 젊은 나이에 그 현실을 인정하기가 쉽지 않아서, 꼭 쥐고 있던 열정과 고집으로 어떻게든 버텨 보려고 했지. 하지만 그럴수록 환경에 적응하지 못해 이직과 병가, 퇴사가 반복되었고, 몸과 마음은 더 지쳐만 갔어.

결국 모든 게 무너진 내 모습을 마주한 뒤에야, 삼촌은 쥐고 있던 것들을 하나씩 내려놓을 수 있었단다. 처음에는 정말 두려웠어. 인맥도, 기회도 많았던 분야를 떠난다는 게 쉽지 않았고, 서른 중반의 나이에 내가 할 수 있는 게 한정적이라는 생각에 앞이 캄캄했거든.

그런데 신기하게도, 모든 걸 내려놓고 주어진 자리에서 묵묵히 시도해 보니 작은 빛이 보이기 시작했어. 그렇게 새로운 분야에 도전하게 되었고, 지금은 이전보다 훨씬 편안한 마음으로 사회생활을 이어 가고 있단다. 내려놓고 나서야 얼굴이 편안해 보인다는 말을 주변에서 듣게 된 것도, 아마 그 때문이었을 거야.

은성아, 지금은 잘 모르겠지만 살아가다 보면 분명 내려놓아야 하는 순간이 찾아올지도 몰라. 그때가 오면 너무 두려워하지 않아도 된단다. 쥐고 있던 주먹을 펴는 연습을 이미 해 본 네 어머니와 아버지, 그리고 삼촌이 곁에 있으니까 말이야.

내려놓는다는 건 포기하는 게 아니라, 비로소 받아들이고 나아가는 또 다른 방법이라는 걸 언젠가는 자연스럽게 알게 될 거야. 그저 지금은 건강하게, 밝게 자라 다오.

무엇을 하든 삼촌은 늘 응원할게. 그리고 만약 내려놓아야 할 순간이 찾아오면, 언제든 삼촌을 찾아오렴.

2025년 11월 24일
내려놓음을 배워 가는 새우 삼촌이

P.S.
내려놓을 줄 아는 은성이에게는, 필요한 것들이 자연스럽게 채워질 거야.

삼촌 어디가를 마무리하며

24명 천사들에게 쓰는
새우 삼촌의 마지막 편지

이 책의 주인공인 아이들에게

애들아 안녕. 새우 삼촌이야.

스물네 명의 너희를 직·간접적으로 만나며 글을 쓰겠다고 마음먹은 지도 어느덧 일 년이 다 되어 가는구나. 너희에게 작은 추억 하나쯤은 남겨 주고 싶다는 마음으로 시작한 이 편지들이, 시간이 흘러 너희가 사회에서 살아가게 될 즈음에는 위로와 응원이 되었으면 좋겠다는 바람으로 이어졌단다. 그런데 참 신기하게도, 이 편지들은 오히려 삼촌에게 먼저 쉼터가 되어 주었어. 그래서 이 자리를 빌려, 삼촌이 진심으로 고맙다는 말을 전하고 싶다.

삼촌은 평범한 길과는 조금 다른 선택을 하며 살아오면서, 쉽게 얻기 어려운 값진 경험들을 많이 만났단다. 숱한 시행착오 속에서 다양한 사람들을 만나며, 삶이 무엇인지 조금씩 배워 왔어. 인생의 길 위에서 예기치 않게 마주치는 변수들 앞에서도, 예전보다 덜 흔들리며 걸어갈 수 있는 담력도 생겼고 말이야. 삼촌이 깨닫고 느낀 스물두 가지 이야기가, 언젠가 너희에게 아주 조금이라도 힘이 되기를 바라는 마음이다.

이 편지를 너희가 직접 읽고 이해하게 될 즈음이면, 삼촌은 아마 은퇴를 이야기할 나이가 되어 있겠지. 그때의 삼촌은 지금보다 조금 더 단단하고, 조금 더 멋진 노년의 신사가 되어 있기를 상상해 본다. 만약 그때까지도 새로운 깨달음과 지혜를 얻게 된다면, 이 편지에 이어 두 번째 이야기를 다시 전하고 싶은 마음도 살며시 품어 본다.

삼촌은 성인이 된 이후로 치열하게 살아온 날들도 있었고, 반대로 인생을 허송세월 보냈다고 느낀 시간도 있었어. 한때는 성공 가도에 올라선 듯 달려 보기도 했고, 또 한때는 혼자만의 나락 속에서 깊이 좌절하기도 했지. 그렇게 서른을 지나 곧 마흔을 바라보니, 요동치던 삶이 어느 순간 고요한 바다처럼 잠잠해졌더라.

얼마 전 짐을 정리하다가, 기억하고 싶은 순간들을 담아 두었던 잡동사니 상자를 열어 보았어. 나무 주걱, 공장 점퍼, 명찰, 군번줄, 사원증, 업무 일지, 자동차 키체인, 그리고 수많은 쪽지들. 그 물건들을 하나하나 바라보며, 인생을 그리 헛되게 살지는 않았구나 하는 생각이 들었단다. 매 순간이 복합적인 감정과 상황으로 채워져 있었다는 건, 그만큼 내가 인생을 제대로 살고 있었다는 증거 같았어. 그렇게 과거로의 짧은 여행을 마치고 나니, 너희에게 보내는 이 편지를 어떻게 마무리해야 할지도 조금은 분명해졌구나.

삼촌이 지난 2년 넘게 이어 오고 있는 남산 오르기처럼, 다양한 도전

속에서 늘 마음에 새기고 지키려 애쓰는 세 가지 비밀을 전하며 이 편지를 마치려 해. 이 세 가지는 삼촌이 한때 모두 잃어 보기도 했고, 다시 되찾기 위해 숱한 노력을 하며 잊지 않고 지키고 있는 것들이야. 이 세 가지만 잘 지켜 낼 수 있다면, 지금보다 더 나은 나로 살아갈 수 있으리라는 희망이 보이더라.

첫째는 건강이야.

언제나 건강했으면 좋겠구나. 건강하다면 무엇이든 견딜 수 있고, 다시 시작할 수 있으며, 원하는 것을 이루기 위해 꾸준히 도전할 수 있는 버팀목이 되어 줄 거야. 삼촌은 "다시 걷기 힘들 수 있다"는 의사 선생님의 말을 듣고 나서야 건강의 소중함을 제대로 깨달았단다. 다행히 회복이 가능한 나이였기에 다시 건강을 되찾을 수 있었어. 하지만 회복의 속도는 나이와 반비례하더라. 그러니 무엇보다도, 그저 건강하게 자라 다오.

둘째는 시간이 주는 힘이야.

사회 구성원으로 살아 보니, 대부분의 문제와 고민은 결국 시간이 해결해 준다는 사실을 알게 되었어. 감당하기 너무 힘든 순간, 앞이 보이지 않는 날들도 분명 찾아온단다. 삼촌 역시 그런 날들 속에서 방황을 많이 했어. 그런데 돌이켜 보면, 해결되지 않는 상황 속에서도 그저 주어진 하루를 살아냈던 시간이 결국 터널의 끝으로 나를 데려다주더라.

하루만 보고 사는 것이 오히려 멀리 갈 수 있는 방법이 되기도 했어. 묵묵히 걷다 보면, 어느새 문제가 해결된 자리에 서 있는 자신을 발견하게 될지도 모른다. 그때 비로소 '그러려니'라는 말이 가진 힘을 알게 될 거야.

마지막은 후회 없는 선택이야.

나이가 들수록 선택해야 할 순간은 더 자주 찾아온단다. 그럴 때마다, 너희의 마음을 따르는 선택을 했으면 좋겠다. 그리고 그 선택이 가져오는 책임과 결과를 기꺼이 받아들이겠다는 마음도 함께 가졌으면 해. 삼촌은 남들이 가지 않던 길을 걸으며 수많은 우려의 목소리를 들었고, 실제로 좋은 결과가 따르지 않는 상황도 겪었어. 그럼에도 불구하고 후회 없는 선택을 했기에, 결과를 있는 그대로 받아들이며 더 열심히 살아갈 수 있었단다. 조언은 구하되, 선택의 몫은 결국 너희 자신이라는 걸 기억하렴. 후회 없는 선택은 미련을 남기지 않고, 오히려 너희를 더 단단하게 만들어 줄 거야.

삼촌은 지금도 인생, 회사, 그리고 사회라는 세 과목을 동시에 수강하며 살고 있단다. 여전히 시도하고, 보완하고, 배우는 중이야. 너희도 언젠가 이 세 과목을 한꺼번에 수강 신청해야 할 날이 오겠지. 그때가 되면 언제든 삼촌에게 조언을 구해도 괜찮아. 삼촌이 그동안 쌓아 온 재미있는 사례들을 바탕으로, 조금이나마 위로와 응원이 되는 이야기를 들려줄게.

그때까지 건강하게, 후회 없는 선택을 하며, 주어진 자리에서 너희답게
잘 지내렴. 늘 응원할게. 파이팅!

2025년 12월 14일
서울 교외의 한적한 카페에서,
올해와 함께 이 편지를 마무리하며 새우 삼촌이

P.S.

그저 건강하게만 자라 다오.

삼촌 어디가?

ⓒ 레마일, 2026

초판 1쇄 발행 2026년 4월 22일

지은이	레마일
펴낸이	이기봉
편집	좋은땅 편집팀
펴낸곳	도서출판 좋은땅
주소	서울특별시 마포구 양화로12길 26 지월드빌딩 (서교동 395-7)
전화	02)374-8616~7
팩스	02)374-8614
이메일	gworldbook@naver.com
홈페이지	www.g-world.co.kr

ISBN 979-11-388-5861-8 (03810)

• 가격은 뒤표지에 있습니다.
• 이 책은 저작권법에 의하여 보호를 받는 저작물이므로 무단 전재와 복제를 금합니다.
• 파본은 구입하신 서점에서 교환해 드립니다.